JN305146

ハインリヒ=ハイネ

はじめに

私が「ハイネ」という名前に触れたのはいつごろのことであったろうか。

つらつらと思い出の糸をたぐってみると、それはたしか一九五〇年代の田舎の高等学校に入学した幼い日々にまでさかのぼる。まだ旧制時代の雰囲気を色濃く残していたこの学校では、学期試験のあとや夏休み、冬休みなどに入る前になるとよくコンパが開かれ、決まって先輩たちが蛮声を振り絞って、今から思えば滑稽なほどに悲壮感をみなぎらせて寮歌などを高唱したものである。その中に「あ〜、我ダンテの詩才なく、バイロン、ハイネの熱なくも……」という例の鉄幹の一節があり、私も熱血漢の一員になったかのように、真似をして歌ったというか怒鳴ったことを覚えている。けれども、ハイネのことをそれ以上には詮索《せんさく》することもなかったので、そのころはそれだけに終わってしまった。

大学でドイツ語の授業を受けるようになってから、ハイネがちょっと近づいてきた。初歩の教科書にハイネの詩集『歌の本』の中の作品群「帰郷」四七「君は花さながらに」という二連の小品が入っていたからだ。

Du bist wie eine Blume,
So hold und schön und rein;
Ich schau dich an, und Wehmut
Schleicht mir ins Herz hinein.

おまえは気高い　美しい　清らかな
まるで花のようだ。
おまえをみつめていると、物悲しさが
わたしの心にはいりこむ。

Mir ist, als ob ich die Hände
Aufs Haupt dir legen sollt,
Betend, daß Gott dich erhalte
So rein und schön und hold.

わたしはおまえの頭に両手をあてて、
神がおまえを
きよらかに　美しく　気高く保つように
祈っているような気がする。

字面《じづら》を追うだけで精一杯であったとは思うが、この平易な言葉遣いだけで組み立てられた詩が、年老いた保護者と乙女との関連という約束の中で、「そして」とか句読点の多用による中間休止が施され、内省的な語り口となっていること、二行目と四行目、一行目と三行目の詩行が脚韻を踏んでいること（rein/hinein, Hände/erhalte)などを、教師から朗読の際に説明を受けたと思う。けれども、ハイネの恋愛詩に登場するさまざまな女性像の分析にまではまだ至らなかった。

あとでできるだけ詳しく話すつもりであるが、そもそも帰郷という言葉もハイネの本質にかかわる重要なキーワードなのである。それはともかく、その後、教科書でやはり「帰郷」二の「ローレライ」（これはジルヒャーの作曲で有名なので、メロディは「なじかはしらねど……」と中学生のころにハイネとも知らずに歌っていたかもしれない）を読んだし、シューマンが作曲した、やはりハイネの『歌の本』の中の作品群「物語詩」の六番目「擲弾兵《てきだんへい》」（シューマンは「二人の擲弾兵」としている）も読み、聴いたことを記憶している。この二つの作品については、あとでできるだけ詳しく触れるつもりであるが、父なるライン、ニンフのローレライ（いわゆる femme fatale のシンボル）、ナポレオン、よりよき憧れ、赤髭王伝説、フランス革命（シューマンも作曲の際にラ・マルセイエーズのメロディを織り込んでいる）など、どれもハイネの詩人的展開にとって切っても切れない背景を背負ったイメージである。そういうことは深く考えないで、当時は読み、口ずさんでいたといってよい。

これはまだ特殊な経験でもなく、ドイツ文学に関心を抱く学生なら似たり寄ったりの経験をしているであろう。一つの転機は大学院の学生のときに訪れた。日本のハイネ研究の第一人者井上正蔵先生から、夏休みの宿題にハイネの『バッヘラハのラビ』（断稿）を翻訳してくることを課されたのである。ユダヤ人問題についての関心を私に持たせようとなさったものであるが、恥ずかしいことに、当時はこの課題に十分応えることができなかった。卒業論文も修士論文もハイネとはかかわらずに終わってしまったが、ドイツ語の教師になってから少しずつハイネのことを調べ始め、一九七二年にまったく偶然に、文部省の在外研究員としてドイツに一年間滞在したところ、この年がハイネ生誕一七五年の記念の年に当たり、東西ドイツで、国際ハイネ学会が、一九五六年のハイネ没後一〇〇年の記念の催しに続いて、デュッセルドルフとワイマールで開かれたのである。この参加の経験とパリへのハイネ行脚《あんぎゃ》の旅は、私に決定的な転機をもたらした。

ライン河畔のデュッセルドルフの町に、私たちの詩人ハインリヒ＝ハイネが生まれたのは一七九七年一二月一三日のことである。だから、一九九七年にはハイネの二〇〇回目の誕生日を契機にして、デュッセルドルフのハインリヒ＝ハイネ大学と州都デュッセルドルフのハインリヒ＝ハイネ研究所は共同して国際ハイネ会議（コングレス）を開催する。この会議の名称は『啓蒙主義と懐疑――ハインリヒ＝ハイネの生誕二百年に寄せて』となっている。討議内容は、ヨーロッパにおける啓蒙主義、ドイツ国民とヨーロッパの諸国民、ユダヤ人解放問題、神話の歴史的解明、自律的文学・芸術と政治的文学・芸術、人類の理想と人権、ハイネの作品における哲学・宗教・心理学、ハイネ受容の問題などのようだ。

この二五年間の時の流れを痛切に感じさせられるのは、「ハインリヒ＝ハイネ大学」という呼称のことである。一九六五年一一月一六日に、ノルトライン・ヴェストファーレン州政府は医科大学をデュッセルドルフ大学に組織替えすることを決定した。それに先立ちデュッセルドルフ市の上級助役ギルバート＝ユスト（ドイツ社会民主党）は、その新しい大学にハインリヒ＝ハイネの名を冠することを提案したが、州文部大臣パウル＝ミカート教授（キリスト教民主同盟）はこの提案に反対し、大学は「デュッセルドルフ大学」の名称を得た。それ以降、この名称問題はむしかえされるが、大学自治の観点から問題の処理が大学評議会に移される。一一月一九日に、マンフレート＝ヴィントフーア教授のサポート発言のインタビュー記事「唯一可能な解決は、ハインリヒ＝ハイネ大学である」が出され、それから二三年間の紆余曲折をへて、その間には一九七二年の国際ハイネ会議最終日の呼称促進「決議」（私も参加した）もあるが、他方、デュッセルドルフ大学の学生自治会は一九八八年に至るまで、毎年ハイネの誕生日に記念式を挙行し、大学の独文研究室ではハイネの作品朗読会を催している。この自治会は二〇年間一貫して「ハインリヒ＝ハイネ大学を！」の要求を掲げてきたことで、ドイツ連邦共和国内では唯一の自治会である栄誉を担っている。それはともかく、大学評議会は一九八八年一二月二〇日に、この大学をハインリヒ＝ハイネによって呼称することを、一五対五の票決で決定した。公式にこの大学を呼ぶときは、Heinrich-Heine-Universität-Düsseldorf ということになったのである。

それにつけてもこの詩人は、生前も没後も、ずいぶん長い間ドイツから許容されず、無視や軽蔑の扱いを受けてきた。とりわけ、第二次世界大戦中には、彼のもっとも有名なバラードといってよい「ローレライ」が、ヒットラー政権から読み人知らず、という非道の扱いを受けたほどだった。第二次世界大戦がドイツ、イタリア、日本の敗北で終わり、戦後の新しい息吹の中で、一九五六年にはハイネ没後一〇〇年の記念行事がドイツの各地で催され、日本からも、ハイネ研究の第一人者井上正蔵先生（一九八九年没）がワイマールでの国際ハイネ学会に参加され、「日本におけるハイネ」と題して、日本におけるハイネ受容の歴史を報告なさった。それから一六年の歳月をはさみ、一九七二年にはハイネ生誕一七五年を記念して、当時の東西ドイツの研究者たちが相互に交流しつつ、秋から冬にかけて、デュッセルドルフでは「国際ハイネ会議」が五日間、また当時のドイツ民主共和国のワイマールでは「ハイネ学会」（ベルリンでも関連行事）が四日間開かれた。日本から両会議に参加できたのは私一人にとどまったが、ワイマールの会議では鈴木和子女史が「日本におけるハイネ」を報告した。ハイネという、大いなる、関連豊かな、さまざまに解釈可能な遺産と私たち自身を対比することによって、一人の詩人を獲得すること、そのためにこうした記念の行事が折りに触れては工夫をこらされて行われるのである。

さて、このデュッセルドルフの国際会議にスイスから招かれ、「ハイネに寄せて」と題して開会冒頭の記念講演を行った著名な歴史家ゴーロ＝マン（一九〇九―一九九四）は、あの二十世紀ドイツ最大の作家の一人トーマス＝マンの次男であるが、自分とハイネとの関係を実に印象深く次のように語った。

「私は幼いころからハイネを愛好しております。ざっと五〇年前からと申し上げたい。その当時、私は初めてハイネの全集を贈られたのです。その版を私は今なおほかの多くの版と並べて保有しております。これらの全集の中には、東ベルリンのアウフバウ出版社が一九六〇年代に刊行し、不ぞろいでかなり網羅的な、あのもっぱら先触れとなって模範的に作られた版もあります。子供のころには『歌の本』が好きでした。学生時代には『新詩集』を愛好していました。政治的な詩やバラード風の詩であっただけに、なおのことそうだったのです。フランスへ若くして亡命したとき、『ロマンツェーロ』や一八五三、四年の『最後の詩集』を愛しました。要するに、いつも魅惑され慰められたのです。そして、今日でもなおそうなのです。（……）ハイネが誰にも愛好された唯一の詩人であった、などといってはおりません。彼は誰もが同化することのできた唯一の詩人だったのです。（……）なぜでしょうか。おそらく、それはほかの詩人たちに比べてハイネのほうが率直で、自然で、図々しかったからでしょうし、何事も隠さなかったのです。弱点も反感も。特に冗談を抑えることができなかったのです。要するにこの場合、詩人と作品との間の関係がきわめて直接的であることが多かったからなのです。（……）ショーペンハウアーの唯一賢明で見事なハイネ評があります。――真にユーモアの人として、ハインリヒ＝ハイネは現われる。『ロマンツェーロ』の中に。彼の冗談や悪ふざけのすべての背後に、ヴェールもかけずに現われることを恥ずかしく思う真摯《しんし》な態度をわれわれは認めるのである――以上がこの詩人への私の関係についてのすべてであります」

　このように告白的、自伝的な部分を含んだこの記念講演を、ゴーロ＝マンは次のように語って結んでいる。

「ハイネは誰のものでもありません。ハイネは、彼を愛する人々すべてのものであります」

一九七二年の二つの国際ハイネ学会では、それまでのハイネをめぐるさまざまな問題や研究の成果が、多面的、集約的に反映され展開された。詩人ハイネをめぐって描き出されたシルエットは、ハイネのスケールの大きさと今日性とをうかがわせるに十分なものであった。そこに参加して得ることのできたさまざまな見聞は、私とハイネの関係に、正に決定的な転機をもたらすものであった。このときを出発点として、今日に至るまで、ハイネをめぐっていろいろ考えてきたことを土台にして、ハイネを愛するすべての人々の中の一人として、私もハイネの人と思想を語ってみたいと思う。

ハイネという存在のありかたを眺めるとき、彼はいつまでも公の意識の中の刺(良心の呵責《かしゃく》)であり続け、驚くべきほどに今日性の基準点であり続けている。彼はいくつもの革命の時代の申し子であり、この政治的インパクトを自己の文書によって転送した。社会的な運動の内部で、彼には占めるべき卓越した場が加わった。ドイツの作家として、ハイネはとりわけ国際的受容の中で、ゲーテおよびシラーと並び称されている。ハイネは抒情詩で、ほかの二人はドラマの世界で。フランスとドイツの仲介者となって、彼はヨーロッパに貢献している。ヘーゲルの弟子として、またカール゠マルクスの友人として、歴史的な関心の焦点にかかわっている。ハイネの作品のテーマと文体は、現代に至るまで、結びつくものと対応するものを備えている。彼のアイロニカルな距離のとりかた、責任あふれるパトス、ヒューマンな進歩性は、ハイネをもっとも著名かつ論議を呼ぶ著述家の一人たらしめている。彼の詩文学は、さまざまな国の言葉の抒情詩人や散文作家の多様な世代に影響を与えた。彼の詩による国際的に知られた数多くの音曲の調べは、非凡な言語芸術家としてのハイネを思い浮かべさせるのに役立っている。

ところで、ハイネの三大抒情詩と呼ばれるものは、『歌の本』『新詩集』と『ロマンツェーロ』である。その『ロマンツェーロ』第一巻の序詩は私を引きつけ慰める。四行二連である。

Wenn man an dir Verrat geübt,
Sei du um so treuer;
Und ist deine Seele zu Tode betrübt,
So greife zur Leier.

Die Saiten klingen! Ein Heldenlied,
Voll Flammen und Gluten!
Da schmilzt der Zorn, und dein Gemüt
Wird süßverbluten.

君が裏切られたら
それだけいっそう忠実になれ
そして君の魂が死ぬほど塞《ふさ》ぎこんだら
七弦琴をとるのだ

弦はひびく　炎と灼熱《しゃくねつ》のみなぎる
英雄の歌だ
すると怒りもとけて、君のこころは
快く血をながすだろう

芸術には人間の苦しみを治癒する力があるとされてはいるが、苦しみも幸福も晩年のハイネは一体化してとらえていて、快く失血死するとまで言い切っている。ここにはハイネの若いころに作詩された恋愛抒情詩とは異なり、人生のさまざまな局面をへたのちの、彼の歴史観と人間的、芸術的なるものの最終的結合の中で、私たちの詩人が見出した表現が、平易な言葉遣いにもかかわらずにじみ出ている。このような詩句がいったいどのような経緯のうちに、ハイネの中に生まれてきたのであろうか。そうした関心を抱きながら筆を進めてみたい。

もとよりこのような試みを企てることは、言うは易く行うは難し、である。ましてや、これほど多くの人々に愛好され、ドイツの国境を越えて広く読まれた国際的な詩人について、いかにハイネを愛する一人であることを自認しようとも、その詩人像を許容されるレベルの範囲で提示することは、非力な筆者にとっては無謀に近い企てといって間違いない。けれども数多くの先達の卓越した知見に教えを求め、触発されながら、私一人のハイネを語ってみたいのである。

目次

第二章　フランス時代のハイネ

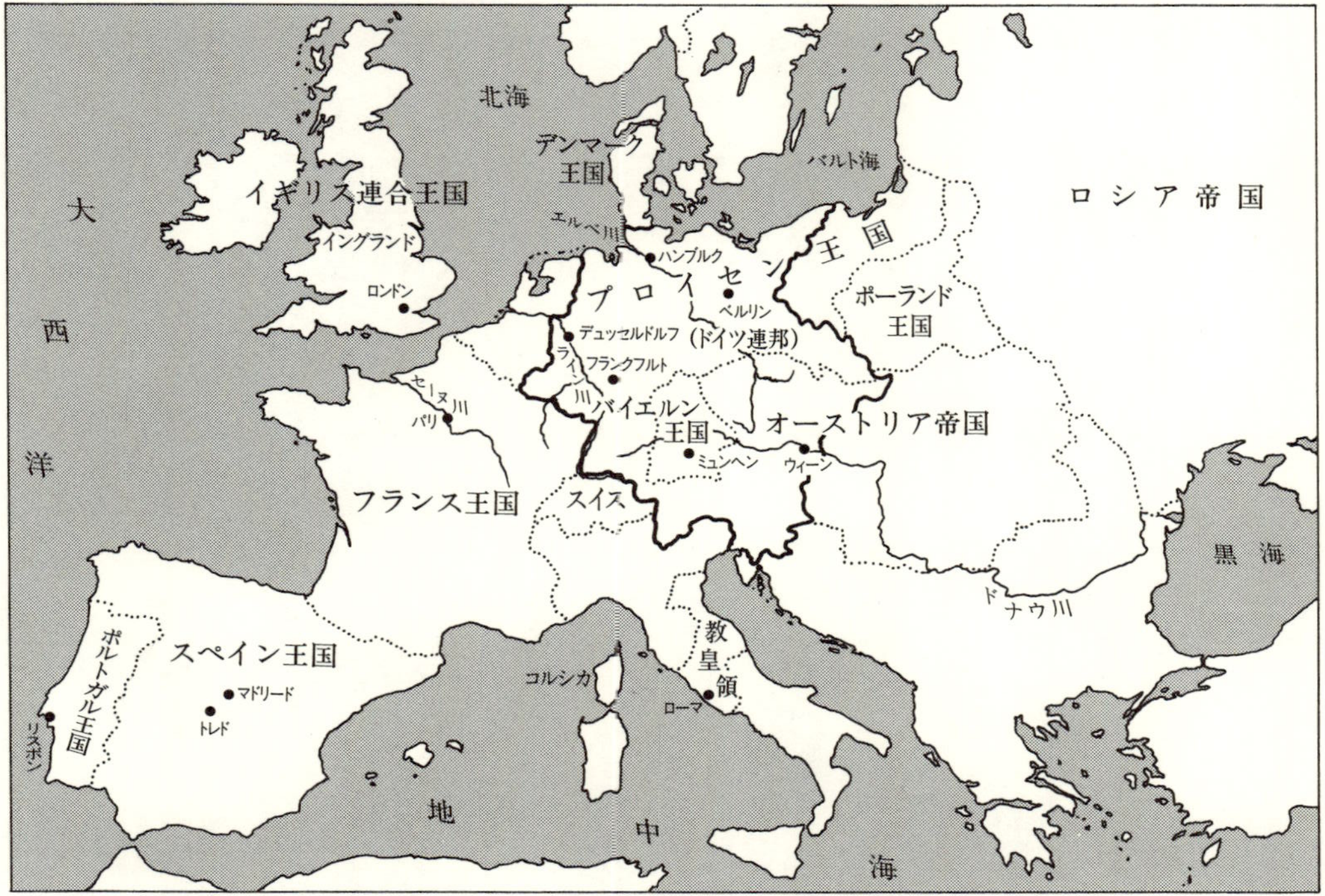

1815年ウィーン会議後のヨーロッパ中央部

第一章　ドイツ時代のハイネ

一　幼年時代と学校時代——デュッセルドルフ（一七九七—一八一五）

長男として

ハインリヒ（一八二五年の受洗まではハリー）＝ハイネは一七九七年一二月一三日、ユダヤ人織物商ザムゾン＝ハイネ（一七六四—一八二八）とその妻ベティ（一七七一—一八五九）の長男としてデュッセルドルフのボルカー街に生まれた。ハイネの母はこの町の声望ある宮廷付き銀行家ヴァン＝ゲルダーンの出身である。『ル・グランの書』第六章によれば、ハイネの祖父と一人の伯父は、この町の医師として活躍していた。回想録『メモアーレン』によれば、祖父の兄弟で騎士ヴァン＝ゲルダーンは、十八世紀の冒険家の一人として名を知られるようになった。その旅好き、ユダヤ人解放への尽力といったこの人の本質の中から多くのものがハイネに受け継がれているかもしれない。父方の系譜はハノーファーの出身で、その後ハンブルクに移った。ハイネの叔父ザロモン＝ハイネ（一七六七—一八四四）は、銀行業者、慈善家として、ハンブルクの有力者の一員になっていた。ハイネのただ一人の妹シャルロッテ（一八〇〇—一八九九）は、のちにハ

ヨーハン＝ヴィルヘルム選帝侯像

ハイネ生誕録の家。現在は博物館

ンブルクの商人モーリッツ＝エムブデンと結婚した。弟グスターフ（一八〇五―一八八六）はウィーンの新聞発行者となって成功を収めた。末の弟のマクシミーリアン（一八〇七―一八七九）は医師となってペテルブルクで診療活動を行っていた。

ハリー少年

デュッセルドルフにおけるハイネの幼年時代と学校時代は幸福そのものであった。ボルカー街から目と鼻の先の広場にはヨーハン＝ヴィルヘルム選帝侯の記念像があり、悪童たちとその騎馬像にまたがったりして遊んでいた少年ハリーが彷彿《ほうふつ》として浮かんでくるし、ハイネの回想録『メモアーレン』には、愛する父のことやいじめられた体験談が出てくる。

私の父はいつも大変早起きで、冬も夏と同じように仕事に就いていた。だから、父はいつものように事務机に向かっていて、顔を上げずにそこから私のほうへ朝の挨拶のキスを受ける手を差し出した。その手は美しく、手入れがよく行き届いていて上品だったが、父はいつもアーモンド・パウダーで洗っていたのだ。私はいまも目の前に見るような気がする。一つひとつの細い静脈が、眩《まぶ》しいほどに白い大理石のような手の中を走っていた。アーモンドの香りが私の鼻孔をくすぐるような気がして、目がぬれてくる。

手のキスだけに終わらないことがときどきあった。そういうときには、父は私を膝に抱き上げて、私の額に強く唇を押しつけた。ある朝のこと、父は私を特に優しく抱き締めて言った。「昨夜おまえのいい夢を見たよ。おまえには満足しているよ、ハリー」。この優しい言葉を口にしながら、父は口許にちょっと微笑を浮かべた。その微笑は「ハリーは本当はまだいたずらをしているんだけれども、おまえを愛して疑わないために、いつもおまえのいい夢を見るつもりなんだよ」と言っているように思えた。

ハイネの母ベティ

ハイネの父は、イギリス人の親友で商売仲間のミスター・ハリーを尊敬する気持ちから、自分の息子の名前をドイツ語の洗礼名ハインリヒではなく、イギリス風にハリーと呼んだ。このハリーという名前のことで、学校や近所の悪童連中からいじめぬかれる。ハイネの街にドレック＝ミッヒェルと呼ばれる集《しゅう》塵《じん》業者がいて、ロバに荷車を引かせて家々からゴミを集めていた。ミッヒェルはこのロバを動かすとき、「ハーリュー！」とかけ声をかけていた。悪童連中はこのかけ声とハリーとを引っかけて、少年ハリーをことごとに意地悪くからかった。そのことをハイネ自身は次のように書いている。

ドレック＝ミッヒェルがロバを呼ぶときとそっくりの声色を使う。私がカッとすると、悪童連中は無邪気そのものの表情で、一つひとつの間違いを避けるために、君の名前とロバの名前をどう発音したらいいか教えてくれと言った。だが、教えると覚えが悪い風をして、ミッヒェルはいつも最初の音綴《おんてつ》をとてもゆっくり伸ばしているけれども、二番目の音綴はいつもとても早く止めているし、別のときには反対になって君の名前とまったく同じ音になっているよと言い張った。そして悪童連中がでたらめにあらゆる概念や私をロバと、そしてまたロバを私と取り違えたので、ひどく無意味な状態になってしまい、みなは笑ったけれども私は泣き出さずにはいられなかった。母に訴えると、彼女は「たんと勉強しなさい。そして賢い子になりなさい。そうすればロバなんかには決して間違えられなくなります」と言った。

たしかにこの町はニーダーラインの小さな伯爵領の首府であったので、文化的には開放的で、宗教問題に寛容であった。ユダヤ系市民にとってもそのかぎりにおいて快適であった。けれどもやっぱり見逃せないのは、この意地悪な仕打ちのかげに、反ユダヤ主義の空気も織り込まれていることである。この問題はまたのちに取り上げる。

でもその猫は助かったんだ　ハイネの少年時代は、散文からばかりでなく、詩からも読み取ることができる。『ロマンツェーロ』第二巻ラザロ詩篇六の「思い出」という作品である。夭折《ようせつ》した少年を思い起こしているのだが、ハイネはそのときすでに褥《しとね》の墓穴に呻吟《しんぎん》しながら、その死を自らの死と対比している。

Erinnerung

Dem Einen die Perle, dem Andern die Truhe,
O Wilhelm Wisetzki, du starbest so fruhe —
Doch die Katze, die Katz' ist gerettet.

Der Balken brach, worauf er geklommen,
Da ist er im Wasser umgekommen —

Doch die Katze, die Katz' ist gerettet.

Wir folgten der Leiche, dem lieblichen Knaben,
Sie haben ihn unter Mayblumen begraben, —
Doch die Katze, die Katz' ist gerettet.

Bist klug gewesen, du bist entronnen
Den Stürmen, hast früh ein Obdach gewonnen —
Doch die Katze, die Katz' ist gerettet.

Bist früh entronnen, bist klug gewesen,
Noch eh' du erkranktest, bist du genesen —
Doch die Katze, die Katz' ist gerettet.

Seit langen Jahren, wie oft, o Kleiner,
Mit Neid und Wehmuth gedenk' ich deiner —

Doch die Katze, die Katz' ist gerettet.

思い出

一方の者にとっては真珠、他方の者にとっては飾り箱だ、
おお、ヴィルヘルム＝ヴィゼツキーよ、お前はあんなに早く死んでしまった―
でも、あの猫は、あの猫は助かったんだ。

彼がよじ登っていた橋の手すりがくずれ、
水におぼれてしまった―
でも、あの猫は、あの猫は助かったんだ。

愛くるしい少年であったその亡骸《なきがら》に私たちは随行した、
少年は春の花々の下に埋葬された―
でも、あの猫は、あの猫は助かったんだ。

お前は利口だった、嵐をのがれて、
はやばや泊まるところを手にいれたのだから――
でも、あの猫は、あの猫は助かったんだ。

お前ははやばやとのがれ、利口だった、
病気になる前に治ってしまったのだから――
でも、あの猫は、あの猫は助かったんだ。

何年も前から、おお　幼き者よ、いくたび
羨ましくまた哀しくお前のことを思い起こしていることだろう――
でも、あの猫は、あの猫は助かったんだ。

第二詩行でうたわれている少年の名前は、フリッツ＝フォン＝ヴィツェフスキーが実名である。ハイネの場合、夭折を称揚することはまれなので、この詩は深刻なハイネの落胆を表出しているようである。各連が三行というのもハイネの場合にはまれで、「でも、あの猫は、あの猫は助かったんだ」の民謡風のリフレインは意味内容からみて、詩の前半にしか当てはまらないが、子供らしい恐怖のモチーフと結びついている。あとで紹介するが、『ロマンツェーロ』第一巻「歴史物語詩」の「チャールズ一世」でも「ねんころり」というリフレインがあり、これも同一の傾向である。第一詩行の Truhe は小さな飾り箱である。価値があるのは真珠で、その飾りの箱ではない。真珠と夭折とを結びつけ、自分の長患いと苦しみのときより（それは Truhe によって象徴されている）夭折のほうが高価に思えたのであろう。終連の「何年も前から、おお、幼き者よ、いくたび羨ましくまた哀しくお前のことを思い起こしていることだろう」にそのことははっきり示されている。

ナポレオン体験

ナポレオンによってベルク大公国の公爵に任命されたジョアシェー＝ミュラーは、一八〇六年三月二四日に首府デュッセルドルフに進駐してくる。市民たちは支配者が一夜にして交代する歴史の激動の場面に遭遇するのだが、ハイネは『ル・グランの書』の第六章にその場面をいきいきと描き出している。この作品の全編にちりばめられている少年ハイネのエピソードは、新しい時代に生きる資格を持ったハイネの登場を如実に物語っているが、一万六〇〇〇人の住民を擁するデュッセルドルフ市で、新しい支配者は領邦等属たちの恭順を受ける式典を翌日から二六日にかけてとり行う。このとき、大人たちの狼狽《ろうばい》した騒ぎをよそに、少年ハイネは市役所前の広場の選帝侯の騎馬像にまたがって、無心に式の成り行きを見物し、家に帰ると、耳を聾する「サ・イ・ラ！」の叫び声が聞こえてくる中で、母親に「ぼくたちを幸せにしてくれようと、きょうは学校が休みなんだよ」と言ったりしている。
　このころ、ハイネの両親の家には、フランス進駐軍の鼓手が一人宿営するということが実際あったようだ。『ル・グランの書』第八章から十章にかけて描かれるムッシュー・ルグランのモデルである。一八一一年一一月三日、一四歳のハイネは、デュッセルドルフにやってきたフランス皇帝ナポレオンの馬上の姿を実際に見たといわれる。立法や公共生活へのナポレオンの影響は、ユダヤ少数民族にそれまでは拒否されてきた権利と緩和措置とを多くもたらし、このことがハイネに解放戦争の理念への参加や、ドイツではまったく典型的でないナポレオン崇拝や英雄化を一時期引き起こしたかもしれない。このことがハイネの作品の中でももっとも鮮やかに刻印されているのは、やはりあのシューマンによっても作曲された詩作品「擲弾兵《てきだんへい》」である。

Die Grenadiere　　　　擲弾兵

Nach Frankreich zogen zwei Grenadier',　　フランスへ二人の擲弾兵が歩いていた、
Die waren in Rußland gefangen.　　彼らはロシアで捕虜だった。
Und als sie kamen in's deutsche Quartier,　　ドイツ軍の陣営にはいった時、
Sie ließen die Köpfe hangen.　　二人は頭を垂れていた。

Da hörten sie beide die traurige Mähr:
Daß Frankreich verloren gegangen,
Besiegt und zerschlagen das große Heer,
Und der Kaiser, der Kaiser gefangen.

Da weinten zusammen die Grenadier'
Wohl ob der kläglichen Kunde.
Der Eine sprach: Wie weh wird mir,
Wie brennt meine alte Wunde.

Der Andre sprach: Das Lied ist aus,
Auch ich möcht' mit dir sterben,
Doch hab' ich Weib und Kind zu Haus,
Die ohne mich verderben.

そこで二人は聞いたのだ、
フランスが敗れた悲しい知らせ、
——あの大陸軍が撃破され、
皇帝が、皇帝が捕虜になった。

二人はともに泣いたが、
知らせが辛かったのだろう。
一人が言った。「ああ、辛い
古傷がうずく」

もう一人が言った。「万事休すだ。
俺もお前と一緒に死にたい、
だが、俺には家に女房子供がいる、
俺がいなくちゃ、朽ち果てよう」

Was scheert mich Weib, was scheert mich Kind,
Ich trage weit bess'res Verlangen;
Laß sie betteln gehn, wenn sie hungrig sind, —
Mein Kaiser, mein Kaiser gefangen!

「女房がなんだ、子供がなんだ、
俺にはもっと強い希望があるぞ。
飢えたら、乞食でもさせたらいい—
俺の皇帝がつかまったんだぞ！

Gewähr' mir Bruder eine Bitt':
Wenn ich jetzt sterben werde,
So nimm meine Leiche nach Frankreich mit,
Begrab' mich in Frankreichs Erde.

なあ兄弟　頼みがある、
俺がいま死んだら、
俺の亡骸をフランスへ運んでくれ、
フランスの地に埋めてくれ。

Das Ehrenkreuz am rothen Band
Sollst du aufs Herz mir legen;
Die Flinte gieb mir in die Hand,
Und gürt' mir um den Degen.

赤いリボンの十字勲章を
俺の胸に置いてくれ、
フリント銃を手に持たせてくれ、
そして剣を腰に巻いてくれ。

So will ich liegen und horchen still,

そうして俺は横たわり耳を澄ますぞ、

Wie eine Schildwacht, im Grabe,
Bis einst ich höre Kanonengebrüll,
Und wiehernder Rosse Getrabe.

Dann reitet mein Kaiser wohl über mein Grab,
Viel Schwerter klirren und blitzen;
Dann steig' ich gewaffnet hervor aus dem Grab —
Den Kaiser, den Kaiser zu schützen.

番兵のように、墓の中で、
いつか大砲のとどろきや、
馬のいななきや蹄《ひずめ》の音を聞くまで。

そうしたら皇帝が俺の墓の上を越え、
多くの剣が音をたてきらめく。
そうしたら完全武装で墓を出て—
俺は皇帝を守護するのだ」

一八一九年か二〇年ころ、ハイネがふと小耳にはさんだ気の毒な噂話、つまりモスコーめざして進撃したフランス大陸軍が敗れ、捕虜となってシベリアに抑留されてから帰ってきたナポレオンの近衛《このえ》兵《へい》たちの見るも無残な姿の噂話が作詩のきっかけになったともいわれる。ハイネの初期抒情詩の中では傑作の部類に入る。私という語り手がいないし、時代史的素材で際立つ。まだナポレオンが生存中に書かれたことも記憶すべきことであろう。「女房がなんだ、子供がなんだ」という箇所では、ハイネはスコットランドのバラード『エドワード』を下敷きにしている。また、普遍にかかわることと個人の幸福の主張の間の典型的な緊張が生み出されている。隠れた「参加」へのアピー

ナポレオン＝ボナパルト

ルである。das große Heer（「大いなる軍隊」）は一八四七年にtapfere（「勇敢なる軍隊」）からgroßeに変わったものだが、フランス語の大陸軍のイメージに合わせたわけである。偶数行と奇数行がそれぞれきれいに脚韻を踏む定型詩である。シューマンは最後の二連にフランス国歌「ラ・マルセイエーズ」のメロディーをかぶせている。

じっと機会を待ち望んでいて、武具を整え、墓を出て皇帝を守るというところに、ドイツの民間に伝わる赤髭王伝説が、統一と正義の表象、ユートピア的希望として織り込まれている。

こうしたハイネのナポレオン賛美も比較的早い時期に、フランス革命観の変化に見合って修正されてゆくが、現実の歴史上でも、一八一四年秋にはウィーン会議が始まり、翌年六月一八日のワーテルローの戦いでナポレオンは最終的失墜に至る。

小学校からファーレンカンプ商業学校まで

ハイネは六歳のときイスラエル人の私学リンテルゾーンに通うが、それと前後して、ヒンダーマンス夫人の小学校に入る。一八〇四年にナポレオン法典が公布され、ユダヤ人の教育制度については選帝侯の法令が出る。それによれば、ユダヤ人の子弟はキリスト教徒の学校に入ることができることになった。ハイネは旧フランシスコ派修道院内の標準学校に入学を許される。イスラエル人の私学での宗教教育は継続する。一〇歳のころ、一時ハイネは、図画、ヴァイオリン、さらにダンスのレッスンを受けており、一三歳のころには絵画をL・コルネリウスのもとで学び、その縁で弟の画家P・コルネリウスと知己の間柄となる。この人のことは、ハイネのミュンヘン時代にもう一度取り上げる。一八〇七年、一〇歳でリュツェウムの予備学級に入ることを許され、一八一〇年、一三歳でデュッセルドルフのギムナジウムの下級学年に入り、一五歳では最上学年の哲学クラスに入り、シャルマイヤー校長の薫陶《くんとう》を受ける。一七歳でギムナジウムを成業証なしで終わり、商人の道をたどるべくファーレンカンプ商業学校に通う。

二　徒弟時代——フランクフルト、ハンブルク（一八一五―一八一九）

見本市

ハイネは当初、父の職業を継ぐことになっていた。一八歳になったハイネは父に連れられてフランクフルトの見本市を訪れ、同市の銀行家リンツコップのもとで無給見習いを始めるが、二ヵ月後にはふたたびデュッセルドルフに舞い戻ってしまう。ところでこの見本市の経験はのちのハイネの作品の中に結晶して残される。ハイネの作品『バッヘラッハのユダヤ教法師』（断稿）の第二章には、主人公夫妻が過越節の夜に迫害の手を逃れて夜のライン川をさかのぼってフランクフルトのゲットーにたどり着く描写がある。早朝のフランクフルトの見本市のにぎわいを妻の「うるわしのザーラ」の目を通して描いている。

翌一八一六年六月に、ハイネはハンブルクへ出発し、叔父のザロモン＝ハイネの銀行で、二二歳の夏まで三年間無給見習いをする。最後の一年ほどは、叔父が甥《おい》に製造販売会社を設立してくれるが、破産が迫り、整理、解散に追い込まれる。日ごろから財政支援を受けていたので、ハイネの人生にとってこの叔父は際立った役割を果たすことになる。このハンブルク時代にハイネが滞在していたのはオッテンゼンにあった叔父の別荘であるが、ザロモンの娘アマーリエは、若いハイネの熱い心を傾けさせる対象であった。この実らぬ恋はハイネの恋愛抒情詩の出発点となり、多くの作品の中でさまざまなバリエーションとなってうたわれるが、あとでまとめて触れることにする。散文作品では『シュナーベレヴォプスキー氏の回想から』の中に、ハンブルク時代の苦い思い出や、自分とは縁遠い商人気質への反発がにじんでいるが、ここではアマーリエにまつわるハイネの手紙を二通と詩一編、それとハンブルク時代についてのハイネの心象風景を伝える詩を一編紹介する。

デュッセルドルフの学校時代からボン大学時代までの学友であったクリスティアン＝ゼーテ宛に、ハンブルクでの生活が始まって四ヵ月ほど過ぎた一八一六年一一月二〇日に、ハイネはこんな書き出しの手紙を出している。

彼女はぼくを愛してくれていないんだ——クリスティアン、この最後の言葉（nicht）をできるだけそっとそっと発音してくれたまえ。最初の言葉（lieben）には永遠にいきいきとした天国があるんだけれど、最後の言葉（nicht）には永遠にいきいきとした地獄があるんだ。ああ、浮かない顔をしている君の友の顔を君がちょっとでも見てくれたらいいんだけどね。

また一八一八年元旦のアマーリエ宛の年賀状には、「年頭に当たり、貴嬢の幸多からんことを祈ります。ハリー」とだけ書かれ、実らぬ恋の片思いがありありとしている。『歌の本』の作品群「叙情間奏曲」一七には、アマーリエ体験がストレートに織り込まれている。

Wie die Wellenschaumgeborene
Strahlt mein Lieb im Schönheitsglanz,
Denn sie ist das auserkorene
Bräutchen eines fremden Manns.

波の泡から生まれたヴィーナスのように
僕の恋人は美しくかがやく、
それもそのはず彼女は他の男の
選んだ花嫁なのだから。

Herz, mein Herz, du vielgeduldiges,
Grolle nicht ob dem Verrath;

耐えに耐えたわが心よ、
裏切り故に恨むまいぞ。

Trag es, trag es, und entschuldig'es,
Was die holde Thörin that.

世間知らずの馬鹿娘がしたことだ、
耐えに耐えて、許してあげな。

短い二連のうち、最初の連は一気にアイロニカルに彼女を形容する。第二連は中間休止も多く、苦渋の思いが内省的に吐かれている。Verrath/that の脚韻は、裏切りを行ったという意味とも重なって痛烈である。自分が入れられない世界や商人気質への反発は若いハイネの悩みによっていっそう強められる。ハンブルク時代をハイネがいかにとらえていたかを見事に伝える一編は『歌の本』作品群「帰郷」一六である。ヴァルター＝フォンティーン氏も激賞した作品である。

Auf fernen Horizonte
Erscheint, wie ein Nebelbild,
Die Stadt mit ihren Thürmen
In Abenddämmerung gehüllt.

かなたの水平線に
まるで霧のなかの像のように、
何本かの塔のたつ町が
夕暮れの中にあらわれる。

Ein feuchter Windzug kräuselt
Die graue Wasserbahn;

一陣の湿った風が
灰色の水路をくるくると抜ける。

Mit traurigem Tacte rudert
Der Schiffer in seinem Kahn.

Die Sonne hebt sich noch einmal
Leuchtend vom Boden empor,
Und zeigt mir jene Stelle,
Wo ich das Liebste verlor.

もの悲しげな拍子をとりながら
船頭は小舟を漕ぐ。

陽がもういちど
きらきらと大地からさし昇り、
そしてぼくが最愛のものを失った、
あの場所をぼくにおしえる。

この詩は一八二四年春に生まれたらしい。一八二三年七月初旬にハイネは二年四ヵ月ぶりにハンブルクを二週間ほど訪れている。ハンブルクのワッペンを見ると塔が三つ立っている。ハンブルクの町へはエルベ川から直接行くことができるし、オッテンゼンにあった叔父の別荘もエルベ河畔にあった。灰色の水路はエルベ川である。「あの場所」については、ハイネの『ル・グランの書』第十八章に、騎士とシニョーラ＝ラウラというように詩的カムフラージュが施されているが、若いハイネが叔父の別荘の庭でアマーリエに愛を打ち明け、拒絶された光景が描き込まれている。最晩年の『一八五三／五四年詩集』にもあの場所にまつわる詩作品 Affrontenburg（侮辱する城）があり、城は叔父の別荘をさし、「あそこにはすべての言葉をゆがめてはねかえすこだまがすんでいた」とか「あそこにはわたしの目が涙を落とすことなくすごせた場所はひとつもなかった」とか「わたしは呪《のろ》いのきずなでこの呪われた城につながれていた」というように、はるか昔のことが思い返されている。

三　大学時代――ボン、ベルリン、ゲッティンゲン（一八一九―一八二五）

シュレーゲルとの出会い　父の病気が原因となって、デュッセルドルフの家族の状況は悪化していった。一八二〇年早春には、この一家はオルデスローエそしてリューネブルクへと転居しなければならなかった。当時、すでに商人になろうとした時期は過ぎ去っていて、ハイネは叔父の資金援助を受けつつ、一八一九年六月以降、大学入学の準備に入っている。一二月初旬にはボン大学の学籍登録をすませ、法学、文学史、歴史学、行政学などの勉学が始まる。この大学には二学期間在学しただけであるが、デュッセルドルフ時代に早くも文学に目を向け、独自の作家的な仕事に手を染めていた。

大学での勉学は彼に多くの可能性を開き、刺激を与え、最初の文学的なつながりをもたらした。その中のもっとも重要なものの一つは、ロマン主義の指導的な唱導者の一人であったアウグスト＝ヴィルヘルム＝シュレーゲル（一七六七―一八四五）を知ったことであろう。たとえば、ボン大学教授としてシュレーゲルは、ペトラルカの『カンツォニエーレ』から三一編の詩を翻訳し、講義を通じて意を尽くしてペトラルカについて語っている。ゲーテの「満ち足りた恋」、ロマン派の「此岸《しがん》でみたされぬ恋は彼岸で成就」、民謡の「すべての恋は誰にも同じように体験できる」といった詩想に限定されずに、ハイネが求めた恋愛詩のモデルがペトラルカ主義の伝統に密接にかかわっていったきっかけを、シュレーゲルのペトラルカ紹介が与えているのであるが、そのことは、ハイネの詩作品を読むとよくわかる。

若きハイネはシュレーゲルに問い、ゲーテを読んだ。いずれ生まれるハイネの詩集『歌の本』が、イタリアでは『Il canzoniere』（抒情詩集）という表題に翻訳されていることもきわめて象徴的なことである。このペトラルカ主義「恋の成就の欠落」「短調の音域」「嘆きの抒情詩」の要素を示す散文は少ないが、すでに触れたアマーリエ体験を扱った『ル・グランの書』第十八章の「しくじった恋」の話にみることができる。ある騎士がヴェニスの近傍で「シニョーラ・ラウラ」に自分の愛を告白するが、彼女に聞き届けてもらえない。ハイネは自らを「恋に迷える騎士」ととらえているし、先行する暗示のために、私たちはヴェニスをハンブルクに置き換えなければならなくなる。ナポレオンが古い世界の抵抗にぶつかり滅びてゆくように、ハイネは「ラウラ夫人」にぶつかって挫折するのである。伝記的エピソードが世界史的状況に対応している。

ハイネはペトラルカ風の要素を、よくバラード風の形式で、ストーリーに移し変えて伝えているが、「ローレライ」はその典型であろう。恋人の岩にぶつかって砕ける恋する男の像である。見事にやるせなく、ローレライはライン河畔の岩上に腰を降ろし、金髪をくしけずり、歌を歌い、波ではなく彼女を見つめる船人を誘惑する。それによって船人は岩にぶつかって砕ける。ハイネはロマン主義的素材と歌の形式をペトラルカ風の形象への思い出と結びつけている。シュレーゲル訳のペトラルカの『カンツオーネ』第十八番がローレライの土台である。ハイネにおけるペトラルカ主義の消長をたどれば、ハイネがその革新者であると同時に破壊者にもなることに行き当たるが、そのことはあとで話すことにして、ここではシュレーゲルとの出会いにとどめておく。

ヘーゲル

ボン大学で二学期学んだあと、ハイネは一八二〇年一〇月にゲッティンゲン大学の学籍登録をすませ、冬学期が始まる。しかし、どこにも光が見えないような当時の学生組合の反ユダヤ的閉鎖性に、三ヵ月もたたないうちに決闘事件を理由に大学法廷で審理され、一八二一年一月、六ヵ月間の「諭旨退学」(Consilium-abeundi) となり、二月初旬にはゲッティンゲンを去り、四月にはベルリン大学に学籍登録をすませる。ベルリン大学での一八二三年中ごろまでの四学期間の生活は、法学を学ぶかたわら、特に哲学、歴史学および文学史を考究するものとなっていた。ベルリンでは、ゲーテによって「美しき魂」として描かれたラーエル＝ファルンハーゲンの家に出入りする。彼女のサロンはゲーテ賛美の中心であった。

ハイネはヘーゲルの講義を四月の夏学期から聴くことができた。一八一八年から一八三一年にコレラに斃《たお》れるまでの期間、ヘーゲルはベルリン大学で講義を担当していたからである。ハイネが聴講したのは、ヘーゲルの論理学、形而上学、宗教哲学・美学であったらしい。ハイネはその作品や書簡などの中で一八二〇年代から五〇年代の死期の迫るまで、折りに触れては「偉大なる師」ヘーゲルに言及している。もちろんヘーゲル流にいえば、ハイネのヘーゲル像は定立・反定立・総合という展開をみせるが、ヘーゲルの出会いに絞ってもう少し触れておくことにする。

一八二二年の秋になると、ハイネはヘーゲルのもとを訪れ、哲学的談笑に興じている。ヘーゲルは無神論的に響くことを警戒しながら、ハイネと語っている。

私たちはある夕方、窓辺に立っていた。そして私は死者の宿る星について熱弁を振るっていた。だが巨匠は独り言のように呟《つぶや》いた。「星は空に光る痘痕《とうこん》にすぎない」――「いやはや」と私は叫んだ「すると、あの空には美徳を死後に償ってくれる楽しい酒場はないのですか?」。彼は私を見下すように見つめて「するとあなたは自分が生前、義務を果たしたこと、たとえば病気のお母さんの面倒を看たり、弟さんにひもじい思いをさせなかったり、論敵に毒を盛らなかったことに、酒手《さかて》をもう一枚欲しいというのですね?」(『ドイツに関する書簡』[断片、一八四四])

また、若き日にかかわったユダヤ人文化学術協会で知り合った親しい仲間で、オリエント学者のL・マルコスへの『ルートヴィヒ＝マルコス追悼書』（一八四四）には、ヘーゲルの講義を傾聴するハイネを彷彿《ほうふつ》とさせる箇所がある。

マルコスは医学を修めるために一八二〇年にベルリンへやってきた。だが、まもなくこの学問を放棄してしまった。そのベルリンで、私は彼に初めて出会ったのだ。ヘーゲルの講義中に、彼は私の隣に席を占めることが多かった。そしてこの巨匠の言葉を聴きながら筆を走らせていた。当時彼は二二歳であった（ハイネ二三歳）。

ベルリン時代にハイネは多くの作家たち、たとえばアーデルベルト＝フォン＝シャミッソー（一七八一－一八三八）やクリスティアン＝ディートリヒ＝グラッベ（一八〇一－一八三六）といった人々との活発な交渉を絶やさなかった。例をグラッベにとるならば、ハイネが『回想録』の中で、哀しくも美しく深い理解に支えられて、この本物の詩人のことを「ドイツのすべての戯曲作家の中で、いちばんシェイクスピアに近い作家」と語っている。一家の不幸を忘れるために飲んで命を縮めてしまった酒についても、天才の一種の精神的中毒、「酔っ払ったシェイクスピア」と呼んで心優しく弁護している。カルル＝レーバーエヒト＝インマーマン（一七九六－一八四〇）との交友は、ハイネの時局的で進歩的な意識を証明している。ハイネの作詩法を識別した最初の一人がこのインマーマンであったといわれる。「この熱き恋の瞋《い》かりと苦しみは、わずかに例外はあるものの、ハイネのすべての詩を貫いている」とは、この人の言葉である。

雑誌への寄稿を通して、ハイネは一目置かれるようになったし、ドイツのバイロンとも称えられた。ベルリンでの一八二二年以降に始まった著書の刊行は、第一級の作家としての地位を不動のものにした。

一八二三年五月にハイネはベルリンをあとにし、両親のいたリューネブルクへ向かう。そこでいやでいやでたまらなかった法律の勉強に身も入らず、展望もなく三ヵ月ほどぶらぶらしているが、家族にも強く求められ、あと二年間で学業にけりをつける了解をハンブルクの叔父ザロモンからも取りつけ、一八二四年一月下旬には、ベルリンほどには気の散らないゲッティンゲンに移る。一年半の準備期間をへて、一八二五年七月二〇日、法学博士の学位を取得することで、彼の大学時代は完了する。けれどもそれに先立ち、二つの重要な体験をしている。一つはゲーテ訪問であり、もう一つは受洗（福音教会への改宗）である。少し具体的に触れておこう。

ゲーテ訪問

一八二四年九月中旬から一〇月一一日ごろまで、ハイネはハルツ山地を抜ける徒歩旅行を企てた。この旅行後にあの痛快な作品『ハルツ紀行』が生まれるが、まずノルトハイムをへてオスターローデとクラウスタールへ行き、そこでドロテア坑とカロリーネ坑を見学し、さらにゴスラールへ向かう。またブロッケン山に登った際には旅の母娘とのいきいきした交流が描き出されている。

九月二七日にはハレの町に寄っているが、ここでの体験から『歌の本』の「帰郷」八四が生まれている。

Zu Halle auf dem Markt,
Da stehn zwei große Löwen.
Ei, du hallischer Löwentrotz,
Wie hat man dich gezähmet!

ハレの町の広場には、
大きな獅子《しし》が二頭いる。
ホイ、ハレの獅子らしい反逆心
なんと手なずけられたことだ！

Zu Halle auf dem Markt,
Da steht ein großer Riese.
Er hat ein Schwert und regt sich nicht,
Er ist vor Schreck versteinert.

ハレの町の広場には、
巨人がひとり立っている。
剣を持って動かずに、
ショックで石になり果てた。

Zu Halle auf dem Markt,
Da steht eine große Kirche.
Die Burschenschaft und die Landsmannschaft,
Die haben dort Platz zum Beten.

ハレの町の広場には、
大きな教会建っている。
そこに学生組合と郷友会は、
祈りの場所を持っている。

ゲーテを訪れたときのジュノーの間

三連とも初めの詩行は「ハレの町の広場には」が繰り返される民謡調であるが、このパロディのかげに『歌の本』では、ドイツの現状を取り上げる唯一の時事詩となっている。ハイネに揶揄《やゆ》されているのは、ハレの学生組合のメンバーたちで、「手なずけられた獅子の反逆心」であるし、「剣を持った巨人」はローラントである。彼らに救いの手を与えない。「祈りの場所」は、カールスバートの決議に違反しないように、おとなしくなり、悔いと償いをするようにいさめている。

ヴァイセンフェルス、ナウムブルク、イエナをへて一〇月一日ワイマールに到着したハイネは、ゲーテ宛に訪問の許可を求め、「詩集」と「悲劇」の二書を献呈している。そして翌日いよいよゲーテを訪問することができたのであるが、短時間で、若い詩人の自尊心は傷つけられて終わる。いろいろな箇所でハイネはそのときの印象や考えたことを書き残しているが、翌年の五月二六日、ハイネと同年の学友で法律家になったルードルフ＝クリスティアーニ宛の書簡と、森鷗外の『観潮楼偶記その一、大家』からその一端を紹介しておこう。

ゲーテ

ゲーテの外見には、心底びっくりさせられました。顔は黄色くミイラのようであり、歯の欠けた口許が不安そうに動くのです。いうならば、容姿全体が人間凋落《ちょうらく》の図なのです。おそらく最近の病気の結果なのでしょう。ただし彼の目は澄んで輝いていました。この目は今ワイマールに関して唯一注目に値するものです。感動的であったのは、ぼくの健康へのゲーテのあたたかい配慮でした。

と、まず直截《ちょくせつ》的な印象を報じてから、自分とゲーテの相違を、「生を結局は重く見ないで、理念のために昂然《こうぜん》と生を献じたがる資質」の有無で説明している。このイデー、つまり時代精神とはヘーゲルに負うものであり、ヘーゲルを支えに、文学的には尊敬もし通常の人生観では考え方も一致しているとゲーテを見ながら、なおもゲーテに挑んでいったと見なすことはできないだろうか。

一方、鷗外に関していうと、ドイツから帰朝して「しがらみ草紙」によって文学活動を開始したころ、ハイネの思想をもっとも深いところで理解し、追跡し、しかもあえてそれを公表しなかった、あるいはできなかったのであるが、ハイネのゲーテ訪問について『観潮楼偶記その一、大家』という文を残している。文全体の趣旨はずれるので、事実関係の紹介部分だけを取り上げてみる。

ギョオテが一代の文宗たりし日に、往いてこれをワイマルに訪ひしハイネといふ小詩人ありけり。彼は年ごろギョオテの人となりを慕ひて、三とせ前には一巻の詩を贈り、一とせあまり前には一巻の悲壮劇を贈りて、推尊至らざる所なかりき。彼のギョオテを見しときは何かなる望をか懐きけむ、また何かなる情をか齎《もた》らしけむ。さるにギョオテが此若者を遇せしさまは、極めて冷淡なりきと覚ぼし。ギョオテはまことに大家なりき。古今にわたりて大家といはれて耻《はず》かしからぬ人なりき。此冷遇はハイネが異教の家に生れしにやよりけむ。その詩編を善くも読まざりしにやよりけん。否。おもふにハイネが年の若きを蔑りて、かくはもてなしたるなるべし。

ハイネが望を失ひしさまは、彼が友人モオゼルの許へいひやりし言葉にて著し。文に曰く。われワイマルに来ぬ。ここには善き麦酒ありと。彼は又ギョオテの事を忘れしにあらぬを示さむとにや、文のをはりに重ねて記して云く。われワイマルに来ぬ。ここには善きやき鳥ありと。ハイネが程へてモオゼルにやりし書には、頗《すこぶ》る憤恚《ふんい》のこころをあらはしたり。云く。わがギョオテの事を少しも君にいひ遣らざりしも、わが彼と語りしさまを告げざりしも、彼がわれにいひしやさしき言葉と恵み深き言葉とをかき送らざりしも、君に損ありと思はず。ギョオテは今はただむかし美きものの咲きしむろなるのみ。これわが彼を見て面白しと思ひし一ふしなりき。ギョオテはわれに憐のこころを起させたり。わが彼をふびんと思初めしより、わが彼を愛づるこころは深くなりぬ。されど素よりわれとギョオテとの中は、あまりに性の殊なれば、互に相厭《いと》はざることを得ぬ中なるべし云々と。

又八年の後、ハイネは記して云く。われギョオテに逢ひしとき、エナとワイマルとの途にて食ひし梅の子のうまかりしを語りぬ。（……）

改　宗

一八二五年六月、ハイネはゲッティンゲン近傍のハイリゲンシュタットをしきりに訪れては宗教の講義を受け、二八日に福音教会の牧師ゴットロープ＝クリスティアン＝グリムにより洗礼を受けた。彼のこの企ては隠密に行われたので、ずっとあとになってようやく家族、友人たちの知るところとなったほどである。グリム牧師の明かすところによると、ハイネは「きわめて真剣に、十分な知識を踏まえ、意義あふれて儀式に臨んだ」とされているが、改宗への対立を彼がそんなに気軽に決断して踏み越えていったのではないことも事実で、背景にはプロイセンのユダヤ人を取り巻く文化状況の圧力があり、またベルリンのサロンの大部分のユダヤ人たち、たとえばラーエル＝ファルンハーゲンもすでに改宗していたこと、それにハイネとその家族はユダヤの宗教的共同体との絆《きずな》を持っていなかったことなどが、卒業を間近に控えたハイネに一つの選択を迫ったのであろう。いろいろとこの点については論議のあるところである。若きハイネは、この改宗そのものを「ヨーロッパ文化への入場券」と呼ぶ。そしてこの入場券を手に入れたことをまもなく後悔する。いずれにせよ、その後、彼には弁護士になる道も、大学の教授になる道も閉ざされたままになってしまう。

四　自由な文筆家として――ハンブルク、ミュンヘン（一八二五―一八二八）

実りの時代の始まり

大学時代が完了したあとに続く数年、ハイネはリューネブルク、ハンブルク、ベルリンで暮らし、ノルデルナイ島とヘルゴラント島で休養をとっている。出版人コッタ男爵の「新一般政治年鑑」の編集者となって短期間ミュンヘンで働いたあとも、ハイネはいくつもの旅に出た。自由な職業作家として、かつジャーナリストとしての生活とともに、ハイネにとっては、生涯を見渡してみても、作家的にいちばん実りの多い時代が始まった。

ベルリンの学生時代にすでに通信員としての活動経験を積んでいるし、ベルリンの大学終了時には、雑誌に五〇編以上の寄稿を行い、公表しているし、その後も公開するつもりでほとんどすべて

リューネブルクの両親の家

の自作品を、まず定期的な新聞、雑誌に公表している。ドイツ、ポーランド、イギリスおよびイタリアでの見聞に支えられた機知に富む描写や批判的考察が『旅の絵』の中に現われた。ドイツ時代には第三部まで刊行されるが、タイトルでいうと「帰郷」、『ハルツ紀行』、「北海」第一部、第二部（以上詩作品）、第三部、『イデーエン。ル・グランの書』（この作品の第十四章には、自嘲的な響きがあるものの、文筆を稼業とする職業作家の登場が語られている。ホラティウスの作家訓「書いた作品は九年間篋底《きょうてい》に横たえよ」を実行するにはパトロンが必要で、実際食べずにいられない以上、犬になりたくなければ、現代に生きる作家は必然的に書いてお金をかせがなければならないし、自分の心には愛が満ちあふれ、隣人の頭には愚かさがあふれているので書くに困らない、とおもしろおかしく覚悟のほどを披瀝《ひれき》している）、『ベルリン便り』、『ミュンヘンからジェノバへの旅』（この作品の第二十九章では、「マレンゴの戦場で、ボナパルト将軍は名声の杯から強い酒を一気にぐいとやったので、酩酊《めいてい》して執政官、皇帝、世界征服者になり、そうしてセント・ヘレナ島に来てはじめて酔いが覚めた……だが、われわれの時代のこの大きな課題とは何だろうか？　それは解放である。アイルランド人、ギリシャ人、フランクフルトのユダヤ人、西インドの黒人などなど被抑圧民族の解放ばかりでなく、全世界、とりわけヨーロッパの解放である。……いかなる時代もみなその時代の課題を持っており、人類はこの課題を解決することによって前進する」といった文がみられる)、『ルッカの温泉』(この作品の第九章には、カトリックに改宗したグンペリーノ侯爵と使用人のヒアツィントのやりとりを通じて、「ご大層な詩を書くあの人みたいな痔《じ》持ちじゃないから」という言い方で、プラーテンとその作品「ロマン的エディプス」が痛烈に槍玉にあげられている)などになった。

それ以前にも、ハイネの散文処女作である『ロマン主義』(一八二三年)や学友でポーランド貴族の領地への旅行の見聞から生まれた『ポーランド論』(一八二三年)があるし、当時の文学史家にして批評界の支配者メンツェルに対し、「芸術理念」の終焉《しゅうえん》と理念闘争の始まりを表明し、ゲーテの敵対者に抗し、「ゲーテ崇拝」に抗しての文『ヴォルフガング＝メンツェルのドイツ文学』(一八二八年)がある。実際にハイネが批評した文中では、たとえばこんなふうである。

「ゲーテに関するメンツェルの文書に接して、われわれは怖いもの見たさを満足させてからようやく、不満な気持ちが目覚めてきた。われわれは、決してゲーテを弁護しようとしているのではない。ゲーテは天才ではなく、一才能だとするメンツェル説は、わずかな人々にしか通用しないだろう。そして、そのわずかな人々ですら、ゲーテがときには天才になる才能を有していることを認めるであろう。

だが、仮にメンツェルの所説が正しかったとしても、彼の峻烈な審判をあのように厳しく下すのはふさわしくなかったのではあるまいか。何といってもゲーテは帝王であり、かかる詩の王者に刃を振るう批評家には、チャールズ一世の首を刎《は》ねたあのイギリスの首切り役人と同じだけの礼儀作法をわきまえてもらいたかった。この役人は、その批判的な職務を遂行する前に、王たる犯罪人の前にひざまずき、その許しを乞うたのである」

この攻撃性と独創性のゆえに『旅の絵』はたちまち有名になったが、劇作家としてはあまり芳しくなかった。すでに一八二三年に『叙情間奏曲付き悲劇』（悲劇「ウイリアム・ラトクリフ」と「アルマンゾーア」の二作品）がベルリンのデュムラー書店から刊行されていたが……。

さまざまな人との出会い

ミュンヘンへ向かうハイネは一八二七年一〇月から一一月にかけて、リューネブルクの両親の家、ゲッティンゲン、カッセルなどの知人、友人のところをめぐり、特にカッセルでは、ハイネ改宗の洗礼牧師グリムを訪問した。またヤーコプ、ヴィルヘルム両グリム兄弟をも訪ねた。このときグリム兄弟の末弟ルートヴィヒ＝エーミル＝グリムによって、鼻筋の通ったギリシャ的なハイネの肖像画が描かれた。フランクフルトではベルネを訪ね、この町のゲットーをも直接自分の目で確かめる機会を持った。ハイデルベルクでは、医学を修行中の弟マクシミ

グリムの描いたハイネ(1827年)

ーリアンの宿で数日間旅の疲れを癒《いや》したが、この間に弟と連れ立ってハイルブロン近傍のヴァルトベルクへ小旅行をしている。このときハイネは領邦ヴュルテムベルクの警吏に呼び止められ、『歌の本』の詩人であるか否か問いただされた。ハイネがそれに肯定の答えをすると、彼は突如身柄を拘束され、速やかにこの地域を退去するよう命ぜられるというハプニングもあった。またハイデルベルクでは、終生の友となる若きヨーハン＝ヘルマン＝デトモルト（一八〇七–一八五六）とも知り合った。シュトゥットガルトでは、ボン時代の学友ヴォルフガング＝メンツェルと出会った。メンツェルとは「モルゲンブラット」誌への寄稿活動を通じて交渉を持つことになるが、当時メンツェルはゲーテやヘーゲル、さらにはユダヤ人と敵対的関係にあったので、ハイネとの間には、「ゲーテ」をめぐっていわば一時的共通項が見られるにすぎず、一八三五年に二人の間が決裂する遠因がすでに胚胎《はいたい》していたといえる。

ルートヴィヒ一世（一八二三–一八四八在位）によって、初めてミュンヘンはドイツにおける芸術の都となる礎石を置かれた。このリベラルな開明君主のもとで、ミュンヘンはようやく都市の計画的整備——それもベルリンと比較すれば取るに足らないものであったが——の緒についたばかりであった。ミュンヘンの建設の

モーリッツ＝オッペンハイムが描いたハイネ(1831年)

時代が始まって、その槌音《つちおと》が響く中を、ハイネは折よくこの町に到着したことになる。

当時のミュンヘンには、ペーター＝コルネリウス（一七八三―一八六七）やレオ＝フォン＝クレンツェ（一七八四―一八六四）のような優れた画家や建築家が王によって招かれて活躍していた。やがてハイネも彼らと交際を持つに至る。前者はハイネの同郷人でもあり、画家としてフレスコ壁画で彫刻陳列館を装飾したり、アルテ・ピナコテークの涼み廊下の画稿を立案したり、ルートヴィヒ教会のフレスコ画を描き上げたりしていた。この二人を慕って多くの画家や建築家がミュンヘンに集まってきていたのである。

一八一六年から三一年にかけて彫刻館が、一八二六年から二八年にかけて音楽堂が、それぞれクレンツェによって建設された。一八二七年から三三年にかけてはプロテスタントのマタイ教会がゾンネンシュトラーセに建てられ、また一八二六年には、宮殿関係やアルテ・ピナコテーク、宮廷墓陵などの大規模な工事が着手された。またこの年には大学がランツフートからミュンヘンへ移された。

ハイネが最初に投宿したのは、コルネリウスの門弟ゴットリープ＝ガッセン（一八〇五―一八七八）のところであったといわれている。けれどもここには長く逗留せず、彼はまもなくレヒベルク・パレスに移り、翌年七月一七日までここに住む。現在の黄金色に彩色されたハッケン通り七番地にあるラートシュピール・ハウスである。ミュンヘン到着のその日のうちに、ハイネはコッタ男爵（一七六四―一八三二）、グスターフ＝コルプ（一七九八―一八六五）、年鑑の共同編集者フリードリヒ＝ルートヴィヒ＝リントナー博士（一七七二―一八四五）と会い、仕事上の打ち合せをすませた。こうしてハイネのミュンヘン生活が始まった。

ローベルト＝シューマン

一八二八年五月八日、ハイネはミュンヘンで作曲家ローベルト＝シューマンと出会う。ハイネが当時人口ようやく六万七〇〇〇余のミュンヘンの住人となるについては、よく知られる通り、次のような経緯があった。ファルンハーゲン＝フォン＝エンゼ夫妻の尽力により、コッタ男爵がミュンヘンで発行していた「新一般政治年鑑」の新編集者に収まることができ、あわせて「ダス・アウスラント」誌と「モルゲンブラット」誌の寄稿者となったのが直接のきっかけであった。だが、もう一つ別の動機があった。それは彼がミュンヘン大学助教授就任の希望を持ち、当時バイエルン大学協会会長の職にあり、のちに内務大臣となった同郷の人フォン＝シェンクを介して就任運動をしていたからである。この計画も結局、プラーテンによってつぶされてしまうことになる。

シューマンはそのとき一八歳であったが、その後ハイネの詩をいくつも作曲することになる。あの最初に紹介した「君は花さながらに」もそうであるし、『詩人の恋』では、ハイネの詩作品群「叙情間奏曲」から一六編も採用している。あの「二人の擲弾兵」がそうであったが、作品群「物語詩」一〇「ベルシャザル王」にも作曲していることはあまり知られていない。この作品は、一八二〇年夏に生まれたのであるが、それは当時の反ユダヤ的風潮へのハイネの詩による（神の復讐を借りた）対応の現われである。過越節にも関連がある。素材は聖書のダニエル書第五章。大勢の大臣たちのための酒宴で、ベルシャザル王は、その父ネブカデネザルがエルサレムの神殿から奪ってきた金銀の器を持ってこさせ、これで王、大臣、王妃、側女らで酒を飲んだところ、人の手の指が現われ、宮殿の壁にものを書いた。その文字の解読に、結局ダニエルが呼ばれて解くわけであるが、それは王の命脈が尽きたことを示す内容となっている。そしてその夜のうちに王は殺されるというものである。ハイネの二行二一連は、歌手のこだまが返ってくる表現法で、ヘブライの詩への接近と見なされている。ここで独特なのは対になっている男性韻である（たとえば、Schloß／Troß＝「城／荷役の兵」、Knecht／recht＝「家臣（兵）／正しい」、……Nacht／umgebracht＝「夜／殺される」）。ハイネの詩では聖書と異なって、ダニエルは出てこない。そして家臣らの手で殺される。ヘブライの頌《しょう》歌《か》からとったとの解釈もある。暴君に従わなくなる家臣（兵隊）たちは、「擲弾兵」では逆で、ナポレオンに忠節を尽くす関係になっている。普遍的なものへ向かうことと個人の幸福の主張との間の緊張関係でも二つの作品は対照的である。ここでは「王＝König」という語が乾いた調子で一一回も繰り返される。またこれは余談であるが、一九一八年七月一七日にロシア皇帝ニコライと王妃、五人の子供たち、その他の従者たちがロシア革命の犠牲になったとき、この詩の最後の二連が現場の地下室の壁に書かれていたという話がある。

Belsatzar

Die Mitternacht zog näher schon;
In stummer Ruh lag Babylon.

Nur oben in des Königs Schloß,
Da flackert's,da lärmt des Königs Troß.

Dort oben in dem Königssaal,
Belsatzar hielt sein Königsmahl.

ベルシャザル王

もう真夜中に近かった。
バビロンはしずかに休息していた。

ただ上の王宮では、
明かりがゆれ、王の供らが賑やかだ。

そこの王の広間では、
ベルシャザルが宴をひらいていた。

Die Knechte saßen in schimmernden Reih'n,
Und leerten die Becher mit funkelndem Wein.

家臣たちはほのかに光る列となり、
きらめくワインの杯をほしていた。

Es klirrten die Becher, es jauchzten die Knecht';
So klang es dem störrigen Könige recht.

乾杯と歓声をあげた家臣たち。
頑固な王には当然に思えた。

Des Königs Wangen leuchten Glut;
Im Wein erwuchs ihm kecker Muth.

王の頬は紅潮していた。
ワインにより王に蛮勇が兆した。

Und blindlings reißt der Muth ihn fort;
Und er lästert die Gottheit mit sündigem Wort.

その勇気が王を盲目にした。そして
罪の言葉で神を穢《けが》した。

Und er brüstet sich frech, und lästert wild;
Die Knechtenschaar ihm Beifall brüllt.

厚顔にも胸を張り、乱暴に穢した。
家臣たちは王に吠えて賛同した。

Der König rief mit stolzem Blick;

王は誇らしげな眼差《まなざ》しで呼んだ。

Der Diener eilt und kehrt zurück.

召使は急ぎそして戻ってきた。

Er trug viel gülden Geräth auf dem Haupt;
Das war aus dem Tempel Jehovahs geraubt.

黄金の器のかずかずを捧げてきた。
それはエホバの神殿から奪ったもの。

Und der König ergriff mit frevler Hand
Einen heiligen Becher, gefüllt bis am Rand'.

王はいまわしい手で聖なる杯をとり、
なみなみと注いだ。

Und er leert ihn hastig bis auf den Grund,
Und rufet laut mit schäumendem Mund:

いそいで飲み干し、
口許に泡をつけたまま大声で叫ぶ。

Jehovah! dir künd' ich auf ewig Hohn, —
Ich bin der König von Babylon!

エホバ！　どこまでも怒らせるために
告げるぞ、俺はバビロンの王だ

Doch kaum das grause Wort verklang, Dem
König ward's heimlich im Busen bang.

だがその恐ろしい言葉が消えないうちに、
王の胸は不気味におののいた。

Das gellende Lachen verstummte zumal;
Es wurde leichenstill im Saal.
Und sieh! und sieh! an weißer Wand
Da kam's hervor wie Menschenhand;
Und schrieb, und schrieb an weißer Wand
Buchstaben von Feuer, und schrieb und schwand.
Der König stieren Blicks da saß,
Mit schlotternden Knien und totenblaß.
Die Knechtenschaar saß kalt durchgraut,
Und saß gar still, gab keinen Laut.
甲高い笑い声すらぴたりと止んだ。
広間には死の静けさが漂った。
すると見るがいい！ 白壁に
人の手のようなものが現われた。
そして書いたのだ白壁に
火の文字を、そして書いて消えた。
王は虚《うつ》ろな眼をして座っていた、
膝はふるえ真っ青になって。
家臣たちはぞっとさせられて、
静まり返り、もの音もたてなかった。

Die Magier kamen, doch keiner verstand
Zu deuten die Flammenschrift an der Wand.
Belsatzar ward aber in selbiger Nacht
Von seinen Knechten umgebracht.

魔術師たちが来たが、だれひとり
壁の火文字を解けなかった。
だがベルシャザル王はその夜のうちに
家臣らによって殺された。

五　『歌の本』（一八二七）

構　成

一八二六年以降続いているハンブルクの出版人ユリウス＝カンペとの結びつきは、ハイネの文学上の創作活動にとってきわめて好都合であることがはっきりした。彼のほとんどすべての文書が、これ以降、後ろ向きの復旧時代に対する民主主義の重要な機関となっていたホフマン・ウント・カンペ社から刊行されている。とりわけ成功を収めたのは『歌の本』（一八二七年）で、これはハイネの没するまでに一三版の堂々たる版数となった。ドイツ時代にまとめられたこの詩集の構成は以下のようになっている。

一「若い悩み」としてまとめられた作品群、「夢の絵」一〇編、「つれづれの歌」九編、「物語詩」二〇編、「ソネット」（A・W・シュレーゲルへ、母へ、H・Sへ、クリスティアン・Sへの壁画風ソネットI〜XI）

二「叙情間奏曲」にまとめられた作品群（序詩と六五編）

三「帰郷」にまとめられた作品群（八八編と以下の表題のついた作品。神々の黄昏《たそがれ》、ラトクリフ、ドーニャ・クラーラ、アルマンゾーア、ケヴラール巡行）

四「ハルツの旅から（一八二四年）」の作品群（序詩、山の牧歌、羊飼いの少年、ブロッケン山上で、イルゼ川）

五「北海」

第一作品群（戴冠《たいかん》式、夕暮、日没、夜の浜辺、ポセイドン、表明、夜の船室、嵐、凪《なぎ》、海の幽霊、純化、平和）

第二作品群（海への挨拶、雷雨、難破者、日没、海の女神たちの歌、ギリシャの神々、問い、不死鳥、港で、エピローグ）

民謡と恋愛抒情詩　形式上の構成は上記の通りであるが、いくつかの視点からこの詩集を眺めてみる。

「若い悩み」作品群は、ゲーテ時代の民謡の伝統を引いているし、この作品群の中の「夢の絵」にはポピュラーな幽霊のバラードの要素が見られる。「叙情間奏曲」作品群では、古典主義やロマン主義の歌、バラードならびにペトラルカ主義がモデルに取り上げられている。ハイネが範としたものには、フリードリヒ＝ド＝ラ＝モット＝フケー（一七七七―一八四三）を「ドーニャ・クララ」に参照したり、『ロマン派』に記述されているように、ルートヴィヒ＝ウーラント（一七八七―一八六二）をバラードのお手本に利用したり、ヴィルヘルム＝ミュラー（一七九四―一八二七）宛の書簡（一八二六年六月七日付け）を読むと「叙情間奏曲」作品群の韻律法がミュラーのおかげをこうむっていることについて礼を述べている。特にミュラーの作品の持つ「純粋な響き」と「真の素朴さ」に打たれたと感想を伝えている。みずみずしさと若々しい根源性がいつまでも保たれることをハイネはミュラーに望んでいる。またアヒム＝フォン＝アルニム（一七八一―一八三一）とクレーメンス＝ブレンターノ（一七七八―一八四二）の『少年の不思議な角笛』に影響を受けたことが『ロマン派』の中に記されている。

「叙情間奏曲」作品群と「帰郷」作品群の構成原理として、ゲーテの『西東詩集』ズライカの巻の影響も認めている。しかし、ハイネはこれらのお手本となった詩人たちの先例を〝芸術時代〟の〝歴史的〟なものと見なし、自覚的に距離をとり、時代の歌としては過去のものとしてとらえるようになってゆく。結局、ハイネの詩人としての自覚を促し、持続的な影響を与えていったものは、

Ａ・Ｗ・シュレーゲル（たとえば、ペトラルカ主義）とジョージ＝ゴードン＝バイロン（一七八八−一八二四、たとえば、世界苦）である。後者との親近性をハイネは一八二四年五月二四日付けのクリスティアーニ宛の手紙で「この手紙を書きながら、ぼくの従兄弟《いとこ》のバイロン卿がミソロンギで亡くなったことを知りました。このようにして偉大な心臓も鼓動を止めてしまったのです！」と書いているほどである。『歌の本』二三七編中、およそ一四〇編が「不幸な」「逆らいがたい」「望みなき」恋を扱っている。想像の上での幸福と紛れようもない絶望の間で（作品群の六割）語り手（私）はずたずたにされ、墓と死を求める恋人となっているが、恋の苦しみと苦しみへの愛着が妙に混ざり合い、苦しみは欲望を強めるものとして機能するようにもなっている。インマーマン宛（一八二三年六月一〇日付け）にハイネは自分の詩作のすべては「同じささやかなテーマの変奏にすぎない」と述べ、自分はこれまで「アモールとプシケの物語をさまざまに区別して描いてきたにすぎない」とも書いている。

作品群内の構成

作品群内部の構成を眺めると、「若い悩み」作品群では五分割されて、それが一本にまとめられ、「叙情間奏曲」作品群、「帰郷」作品群では、テーマ上いくつかの下位作品群が個々の詩作品を織り込み、定立・反定立・綜合という弁証法的な構成になっている。「帰郷」作品群では、七つの下位グループが見られる。「北海」作品群では、第一、第二の各作品群が対称関係にあり、ほとんどの作品群にプロローグとエピローグをなすものが認められる。余談であるが、散文でも『ル・グランの書』や『フローレンス夜話』にこの傾向が見られる。つまりハイネは抒情的な語りの弁証法形式として作品群というものを形作ったといえる。先ほどちょっと触れたが、ハイネが詩作品群という形式を特に好むのは、ゲーテの『西東詩集』の流れを汲むからともいわれている。また、W・ミュラーの『美しき水車小屋の乙女』や『冬の旅』がハイネの「叙情間奏曲」作品群の先行例となってもいるのである。

『歌の本』がフランス近代抒情詩の中で、ボードレールの『悪の華』(一八五七)に構成上のつながりを見出すのは興味深い。テオフィール゠ゴーティエを介しても、ハイネはボードレールとつながりを見出すことができるが、「仮面、猫、マドンナ、埋葬……」といった「憂鬱と理想」八五編から「恋人たちの死、貧しい人々の死、芸術家たちの死、旅」といった「死」二五編に終わる『悪の華』は、ゴーティエへの献辞を持ち、また「不可能な〝愛〟〝失墜〟以来、この世界から除去されてしまった〝理想〟の絶えざる追求に身を捧げる人類の〝苦悩〟という主題にかかわっている。また、現代の青春に特有の精神的動揺の歴史をたどり直す作品内容という点でも、ボードレールの前にハイネの『歌の本』が存在することは興味深いことである。一見無頼の徒《やから》、破滅型の人のごとく見えるボードレールが、峻烈にennui(退屈、倦怠《けんたい》、憂鬱)を自らの存在といちばん遠いものとしてかかわらないようにしていた〝人生の主張〟は、ハイネの豪気さと通底し合っている。

距離をとる手法

一八二二年のクリスマスイブに出されたインマーマン宛の手紙には、「詩は結局のところやはり美しい余技にすぎない」という結びの言葉があるものの、「叙情間奏曲はぼくの心の野戦病院へのパスポート」であり、「北方の暗い悲劇も含む」作品群であり、「発展史という基本線」「年代順の自分の肖像」「暗く深刻な青春の詩から純粋に咲き誇る詩へ」「心理的自己描写と距離を置く技巧の抒情的弁証法」がハイネの作詩法には認められる。たとえば、「北海」第一作品群では、七の「夜の船室」で語り手の恋愛感情の広がりが描かれ、一〇の「海の幽霊」では、なおも癒されない心が扱われ、一二の「平和」で、和解的な形象がエピローグを形作っている。「帰郷」作品群八八編のうち、一、四二、八八でもう少し具体的に確かめてみよう。

In mein gar zu dunkles Leben
Strahlte einst ein süßes Bild;
Nun das süße Bild erblichen,
Bin ich gänzlich nachtumhüllt.

ぼくのあまりに定かでない人生に
かつて快い姿が輝いていた。
いまその快い姿は消えてしまった、
ぼくはすっかり闇に包まれている。

Wenn die Kinder sind im Dunkeln,

はっきり見えない所にいれば、

Wird beklommen ihr Gemühth,
Und um ihre Angst zu bannen,
Singen sie ein lautes Lied.

子供らの心は締めつけられる、
不安を追い払おうと、
彼らは大声で歌うのだ。

Ich, ein tolles Kind, ich singe
Jetzo in der Dunkelheit;
Klingt das Lied auch nicht ergötzlich,
Hat's mich doch von Angst befreit.

気違いじみた子供のぼくは、いま
暗闇でうたうのだ。
その歌が楽しくなくても、
ぼくを不安から解き放ってくれたのだ。
（「帰郷」一）

Theurer Freund! Was soll es nützen,
Stets das alte Lied zu leiern?
Willst du ewig brütend sitzen
Auf den alten Liebes-Eiern!
Ach! das ist ein ewig Gattern,

友よ！　なんの役にたつというのか、
いつも昔の歌を掻き鳴らして？
君は昔の恋の卵を
いつまで抱き続けるつもりか！
ああ！　いつまでもピイチクパアチク、

Aus den Schaalen kriechen Küchlein,
Und sie piepsen und sie flattern,
Und du sperrst sie in ein Büchlein.

Sag', wo ist dein schönes Liebchen,
Das du einst so schön besungen,
Als die zaubermächt'gen Flammen
Wunderbar dein Herz durchdrungen?

Jene Flammen sind erloschen,
Und mein Herz ist kalt und trübe,
Und dies Büchlein ist die Urne
Mit der Asche meiner Liebe.

殻から雛たちが這《は》い出る、
そしてピーピー啼《な》いて羽ばたく、
そして君はそれらを本に閉じこめる。

（「帰郷」四二）

ねえ、君の綺麗《きれい》な恋人はどこだい、
昔あんなに見事に歌い上げた恋人は、
魔力的な炎が
君のハートを見事に射抜いたときの？

あの炎は消えてしまった、
そして僕の心は冷えてふさいでいる、
そしてこの本は僕の恋の
焼け殻のつまった骨壺だ。

（「帰郷」八八）

「帰郷」一は作品群八八編全体のライトモチーフを示している。つまり生の苦しみ、恋の苦しみというなじみの苦しみへの帰還である。「快い姿」というように、ハイネは愛する女性の相貌を神聖なシンボルにまで変容させている。定めがたい荒々しい生と光輝く理想像という対照化が見られる。これまでは永遠の夜や太古の夜に拉致《らち》されることを望んだ詩人が「すっかり闇に包まれ」ている。「はっきり見えないところで歌う」ことは「帰郷」のライトモチーフにふさわしく、そこには迷わずどんどん歌うということ、つまり後年のハイネの詩作のモチーフである「自己正当化」「歌いつつ健康になる」(後年の「創造の歌」のように)の萌芽的なものが認められる。したがって嘆きばかりでなく、耳をつんざくような哄笑《こうしょう》も彼の抒情詩には含まれる。

「帰郷」四二は若きハイネの抒情詩に見られる恋の苦悩の一面的な強調に対するいろいろな非難を想定して、寸鉄詩風にアイロニカルに自分を取り扱った回答である。この対応の仕方は、ハイネの三大抒情詩の二番目の詩集『新詩集』冒頭の作品群「新しき春」の序詩にいっそう明瞭に見て取ることができる。そのプロローグにおいては、闘争の場に出ていこうとする勇士と、これにまつわりつく愛の童神との絡み合いがうたわれている。二つの詩集をつなぐ位置を占めているこの序詩の第一連で、その勇士の意志は過去形になっている。第二詩連の中で、ハイネは「時代の大いなる戦の場にほかの人々は臨むに違いないのに、自分は」愛にうつつをぬかしていると述べて、その必然性を現在形にしている。この序詩は一八三一年に作詩されていて、新しいパリでの生活を反映している。

「帰郷」八八がエピローグを形作っていることは、詩人の恋の燃えかすの詰まった骨壺だけが、過去の思い出として残っているという描写に如実に示されている。

恋愛観（スフィンクスとその生贄《いけにえ》）　ハイネは『歌の本』第三版の序に、韻文でその恋愛構想を語っている。恋人のイメージは、胴体と四肢はライオン、頭と胸は女性をかたどったスフィンクス（獅子の手足で引っ捕らえ、胸で押さえつけ、鋭い爪を立てる）となり、撞着《どうちゃく》語法を用い、いろいろと描き出す。恍惚《こうこつ》の責め苦、有頂天の苦痛、欲望も苦悩も計り知れないものとして、つまり哀しく歓呼し、心うきうきと嗚咽《おえつ》し、甘美で苦いのが恋ということになる。「叙情間奏曲」二一がそのへんを簡潔に示している。

So hast du ganz und gar vergessen,
Daß ich so lang dein Herz besessen,
Dein Herzchen so süß und so falsch und so klein,
Es kann nirgend was süß'res und falscheres seyn.

So hast du die Lieb' und das Leid vergessen,
Die das Herz mir thäten zusammenpressen.
Ich weiß nicht, war Liebe größer als Leid?
Ich weiß nur sie waren groß allebeid'!

ぼくがあんなにながい間君の心を占めていたことを、
君はすっかり忘れてしまった、
君の心はあんなに快くあんなにいつわりに満ちあんなに卑小だった、
これ以上快くていつわりにみちた心はありえない。

ぼくの心に押しつけた、
その恋と苦しみを君は忘れてしまった。
恋は苦しみより大きかったろうか？　ぼくにはわからない。
わかっているのは、両方とも途方もないものだったことだけだ！

愛欲の受難の前提は、「叙情間奏曲」や「帰郷」を中心にして、その変奏は数え切れないほどであるが、恋人は冷たく心ない仕打ちをするばかりでなく、誘惑的で裏切りもする女性像となる。傷つけられた自尊心をうたう社会的なものが響いたり、「帰郷」二四のように、バイロン風に世界苦が、地球を背負うアトラスに語り手がなったりしてうたわれるものもある。また「叙情間奏曲」一〇や三三のように、詩人の孤独が自然の形象に仮託されてうたわれることもある。

本当に多彩にうたわれている。けれども「帰郷」二〇は、ロマン主義的な分身、影法師というハイネの着想が、この詩にかぎらず、その後いろいろな作品の中で展開されているので注目に値する。

Still ist die Nacht, es ruhen die Gassen,
In diesem Hause wohnte mein Schatz;
Sie hat schon längst die Stadt verlassen,
Doch steht noch das Haus auf demselben Platz.

Da steht auch ein Mensch und starrt in die Höhe,
Und ringt die Hände, vor Schmerzensgewalt;
Mir graust es, wenn ich sein Antlitz sehe, —
Der Mond zeigt mir meine eigne Gestalt.

Du Doppelgänger ! du bleicher Geselle !
Was äffst du nach mein Liebesleid,
Das mich gequält auf dieser Stelle,
So manche Nacht, in alter Zeit ?

静かな夜、路地はしずまりかえっている、
この家にぼくの大切な人が住んでいたのだ。
彼女がこの町を去って久しい、
でもまだこの家は同じ場所に建っている。

そこにはまた一人男が立って虚空をじっと見ている、
そして両手を揉《も》み合わせている、苦痛のあまり。
その男の表情を見てぞっとした、—
月光がぼくに見せたのはぼく自身の姿だ。

分身よ！　青白き道づれよ！
むかし、いく晩もいく晩も、
ここでぼくを苦しめた、
ぼくの恋の苦しみをどうして真似るのだ？

ハイネの場合、自分の経験から切り離して、つまり私という語り手から切り離して、役を与える抒情詩という発想にもつながっていくのであるが、それは詩にかぎらない。たとえば、悲劇『ウイリアム＝ラトクリフ』や『ドイツの宗教と哲学の歴史に寄せて』にも見られる。後者の第三巻冒頭には、人造人間を作ったイギリス人技師の話が出ている。魂だけは与えることができなかったところ、毎日毎晩「魂をくれろ！」とその人造人間がせがんで技師を苦しめる。ハイネは話が「その逆だったら、いっそう恐ろしいことだろう」「思想は行為を欲し、言葉は肉体とならんとする（……）」「マクシミリアン＝ロベスピエールは、ジャン-ジャック＝ルソーの手以外の何物でもなかったのだ、血塗れの手」と述べている。この分身という発想に先立ち、「思想と行為」あるいは理論と実践の関係という着想が『フランスの状態』序文に、初めて「覆面の男」というモチーフとなって現われている。

果敢で練達の弁舌を備え、大いなる（事柄にひとびとを魅了する）言葉をわきまえ、かつその言葉を発することもできる、時代の（特色を備えた）覆面の男がおそらくもう君たちの近くにいるかもしれない。

ルソーの像（パリ）

これは『アッタ＝トロル』の私とラスカーロ、『ドイツ。冬物語』第六章と七章の詩人とリクトルの関係へと発展するが、これはあとで扱うことにする。『歌の本』の若き詩人ハイネは市民的知識人として、社会との結びつきについては疎外された自分を感じている。「帰郷」六〇を借りれば「屋敷には明かりが満ち」ているのに、詩人は外の暗がりにたたずみ、恋人を慕い、裂け、血を流しているのである。社会的亀裂を克服できずに、詩人の心象風景は、冷え、凍え、病み、青ざめ、押し黙り、みじめで癒されず、ずたずたなのである。H・カウフマンは「ハイネの愛なき愛欲の詩のバロメーターは、市民社会特有の、真に現実化された人間性の乏しさを示して」いると言っている。『歌の本』のまぎれもなき個人的なものが、つまるところ普遍的なものを表現しているのである。ハンブルクの商人の巣の中で受けた奇人扱いや、ゲッティンゲン大学で学生組合から受けたユダヤ人学生排撃の体験でも推し測ることができるが、進歩的疎外者と言い換えてもよいアウトサイダーとしてハイネは、最後に残ったよりどころ「抒情詩人」として現実に立ち向かったのである。インマーマン宛の書簡には、「達成できる最高のことは、やはり殉教しかありません」という「近代詩人のアウトサイダー的存在」の吐露《とろ》が見られる。

ローレライ　『歌の本』について考察を進める際に、やはりあまりに有名な「帰郷」作品群二の「ローレライ」を素通りにはできないので、やや具体的に眺めてみよう。六つの詩連から成り立っている。

Ich weiß nicht, was soll es bedeuten,　ぼくがこんなに哀しいのは、
Daß ich so traurig bin;　なぜか、わからない。
Ein Märchen aus alten Zeiten,　大昔のメルヘンが、
Das kommt mir nicht aus dem Sinn.　ぼくの念頭を去らない。

Die Luft ist kühl und es dunkelt,　大気は冷えて、あたりは黄昏てきた、
Und ruhig fließt der Rhein;　そして悠々とライン川は流れる。

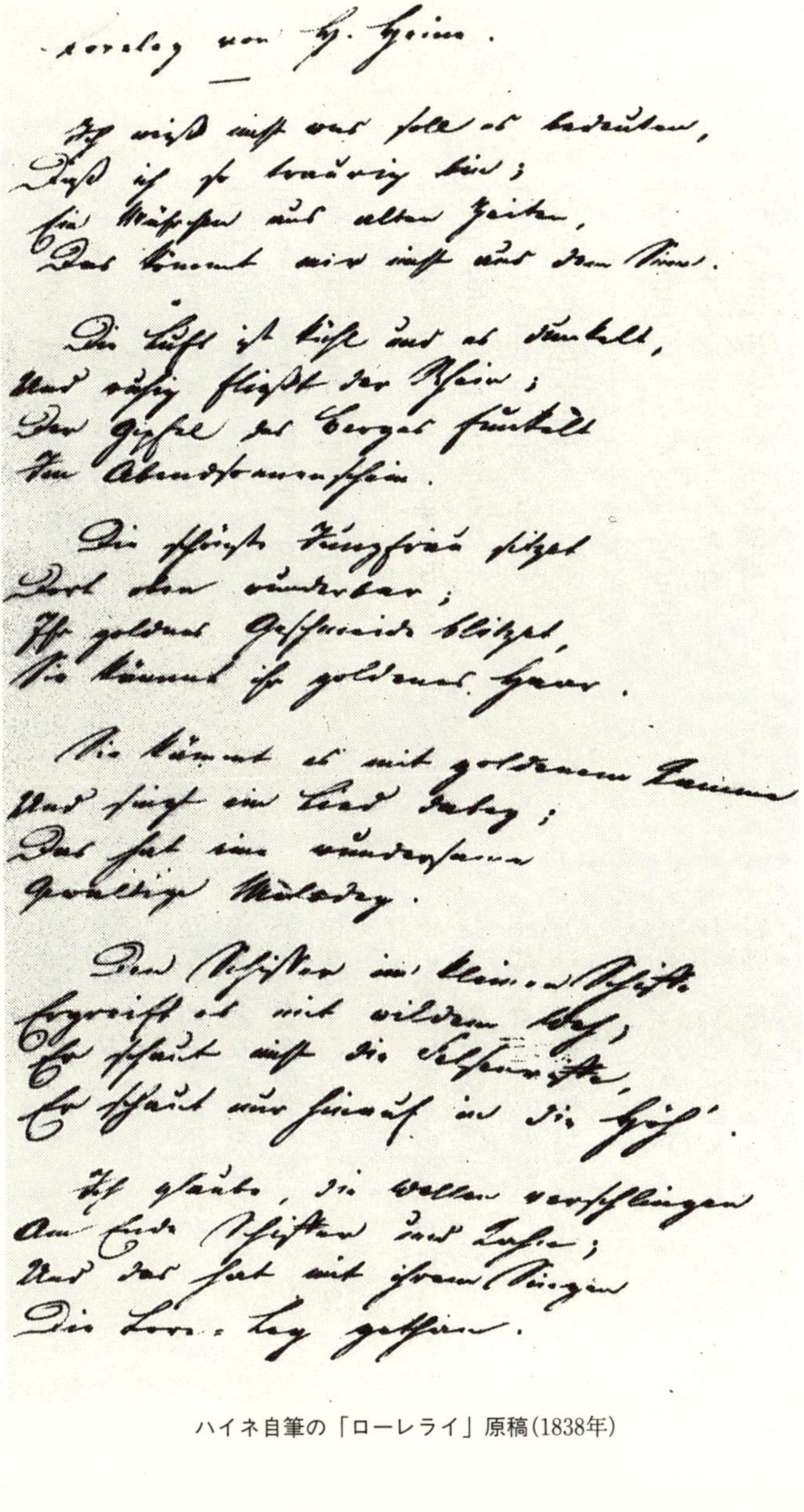
[L]oreley von H. Heine.

Ich weiß nicht was soll es bedeuten,
Daß ich so traurig bin;
Ein Mährchen aus alten Zeiten,
Das kommt mir nicht aus dem Sinn.

Die Luft ist kühl und es dunkelt,
Und ruhig fließt der Rhein;
Der Gipfel des Berges funkelt
Im Abendsonnenschein.

Die schönste Jungfrau sitzet
Dort oben wunderbar;
Ihr goldnes Geschmeide blitzet,
Sie kämmt ihr goldenes Haar.

Sie kämmt es mit goldenem Kamme
Und singt ein Lied dabey;
Das hat eine wundersame
Gewaltige Melodey.

Den Schiffer im kleinen Schiffe
Ergreift es mit wildem Weh;
Er schaut nicht die Felsenriffe,
Er schaut nur hinauf in die Höh'.

Ich glaube, die Wellen verschlingen
Am Ende Schiffer und Kahn;
Und das hat mit ihrem Singen
Die Lore-ley gethan.

ハイネ自筆の「ローレライ」原稿(1838年)

Der Gipfel des Berges funkelt
Im Abendsonnenschein.

山の頂は
夕陽にきらめく。

Die schönste Jungfrau sitzet
Dort oben wunderbar,
Ihr gold'nes Geschmeide blitzet,
Sie kämmt ihr goldenes Haar.

かなたの上方に不思議にも、
美しい乙女が腰をおろして、
彼女の黄金の装身具がひかり、
彼女はその金髪をくしけずる。

Sie kämmt es mit goldenem Kamme,
Und singt ein Lied dabei;
Das hat eine wundersame,
Gewaltige Melodei.

その金髪に黄金の櫛《くし》をかけながら、
彼女は歌を歌う。
不思議な、
抗《あらが》いがたい旋律がながれる。

Den Schiffer im kleinen Schiffe
Ergreift es mit wildem Weh;
Er schaut nicht die Felsenriffe,

小船に乗る船人は
はげしいこころの痛みにとらわれて。
岩礁は見ずに、

Er schaut nur hinauf in die Höh'.

Ich glaube, die Wellen verschlingen
Am Ende Schiffer und Kahn;
Und das hat mit ihrem Singen
Die Lore-Ley gethan.

ただ見上げるばかり。

果ては船人と小船を
波が呑み込んでしまう、だろう。
そして歌うことでそのようなことを
しでかしたのがローレライだ。

一八二三年末に作詩され、一八三八年にジルヒャーによって作曲された「ローレライ」は民謡として歌われるようになり、ナチの時代にはハイネの名前は消せても、歌そのものは抹消できなかった。最初この作品にタイトルはなかったが、一八三八年自筆の写しに「ローレライ」と付けられたようである。一読すると、古の伝説を思い起こすメランコリックな気分にひたった語り手によって枠づけがなされ、バラード風の筋の展開は現在形で進行する。きらめく発端の叙景のあと、追憶は急速に肉欲的に引きつける妖精風の形象へと集中する。この形象はあふれるばかりの黄金の飾りつけで現われる。彼女のくしけずりながら歌う歌の「抗いがたい旋律」は、命取りとなるような筋の展開を告げている。犠牲者は「はげしいこころの痛み」につかまれたライン川を行く船人である。「それ」(es, das) が三回も用いられて、どうしようもない運命を浮き彫りにしている。

筋の展開の頂点で、船人の悲劇的に呪縛《じゅばく》された視線は、「かれは見る」(er schaut) の反復によって一段と劇的になるが、そこへ語り手「私」が割って入る。語り手の「わたくしは……だと思う」(ich glaube) は、期待されている破局の始まりを宙ぶらりんにしてしまう。けれどもテンポの転換によって船人の運命が定まったことが示される。おしまいに呪縛を引き起こした主の名前が呼び上げられる。

「ローレライ」に見られる手法

この六詩連のバラード風の作品は、民謡とロマン派の伝統の双方への近さと距離とを典型的に示している。三個の強音綴《おんてつ》を持ち、すべてではないが、交互にクロスする形で結び合わされた女性韻と男性韻を持つ一連四詩行である。これは民謡の伝統に入る。それを純粋ではない押韻、たとえば「Weh／Höh'」などが強める。構文的に簡素な点も、また二詩行で一つの文を規則的に作っていること、そして決まって同じ句読法で閉じられている点も民謡的である。最初の詩行の倒置形 (was soll es bedeuten) は、「ふしぎな」(wundersame) とか「旋律」(Melodei) のような古めかしい綴《つづ》りと同じく民謡調である。一方、「わからない」とか「だろう」とか、反復される「くしけずる、歌う、見る」などは技巧的に素朴さを狙っている。この技巧は、古い伝統につながる頭韻法（たとえば、Die Luft ist kühl und es dunkelt）によっても明らかである。また、穏やかな展開を伝える詩連の中では、母音の「u」と「o」が支配的であるのに対して、第五詩連の劇的展開の場面では、明るい「i」という母音によって強調されている。背景となる夕方の雰囲気とともに「黄金や金色」という語の過度の反復によって、距離感が生み出されている。民謡の「素朴さ」からの距離が生まれるのは、枠構造と近代的、内省的な語り手「私」を通じてである。「私」は主観的に感じ取ったことを伝え、筋の展開を期待に反して宙ぶらりんにし、船人と同化しても、船人への「私」の立場を未決定にしている。最終連第三詩行の「そして」を根拠にそのように見なす論者もいる。「私」は自分の恋愛関係をローレライ伝説には反映させていないことが明らかである。

ハイネの「ローレライ」の「ライ」は岩で、Lurelei（岩と待ち伏せ）はこだまを待ち望む精霊である。官能的、肉欲的外見によって重大な力を発揮する。くしけずるのは、自己愛の身振りで、人間と待ち伏せる精霊との間の満たされない恋愛という哀しい雰囲気は、ロマン主義への傾斜を見せている。『歌の本』の中で繰り返し登場する、出口なく恋い焦がれ、危機に陥る語り手と手の届かない魂なき誘惑者との構図が「ローレライ」によって思い起こされる。『歌の本』第三版序のあのスフィンクスも。

一八二七年の自己検閲

ただちに政治的テーマを取り上げた初期の散文作品とは逆に、恋愛と苦悩のモチーフが優勢な初期抒情詩は、まったくといってよいほど没政治的である。遅れたドイツの状態との批判的対決という後年の意味合いでの政治的抒情詩を『歌の本』に期待することはほとんどできないが、若いハイネがそうした抒情詩を書いていなかったわけではなく、この詩集にはほとんど採用しなかっただけである。それでも『歌の本』には、より深い社会的理由づけはまだないものの、復旧時代の社会の支配的精神を隠微に攻撃しているものが含まれている。すでに紹介した「物語詩」作品群一〇がその一つに当たるし、「叙情間奏曲」作品群五〇がそうである。この作品はビーダーマイヤー的な茶席の社交を諷刺《ふうし》鋭く観察している。

Sie saßen und tranken am Theetisch,
Und sprachen von Liebe viel.
Die Herren, die waren ästhetisch,
Die Damen von zartem Gefühl.

彼らは茶席に座り飲んでいた、
そして恋愛について大いに語った。
殿方は美的であったし、
ご婦人方は感情が繊細であった。

Die liebe muß seyn platonisch,
Der dürre Hofrath sprach.
Die Hofräthin lächelt ironisch,
Und dennoch seufzet sie:Ach！

恋愛はプラトニックでなければ、
とやせた枢密《すうみつ》顧問官が話した。
顧問官夫人はアイロニカルに微笑し、
それでもため息をつく。あ、そうね！

Der Domherr öffnet den Mund weit:
Die Liebe sey nicht zu roh,
Sie schadet sonst der Gesundheit.
Das Fräulein lispelt: wie so?

Die Gräfin spricht wehmühthig:
Die Liebe ist eine Passion !
Und präsentiret gütig
Die Tasse dem Herren Baron.

Am Tische war noch ein Plätzchen;
Mein Liebchen, da hast du gefehlt.
Du hättest so hübsch, mein Schätzchen,
Von deiner Liebe erzählt.

司教座教会参事会員が大きく口を開ける。
恋愛は粗暴すぎないように、
さもないと健康を損ねる。
令嬢がささやく。なぜですの？

伯爵夫人が哀愁を漂わせて語る。
恋愛は情熱ですわ！
そしてカップを男爵に
親切にさしだす。

茶卓にはもうひとつ席があった。
ぼくの恋人よ、君が欠席だったね。
ねえ、君だったら素敵に、
君の恋のことを話したろうに。

一八二二年末の作詩である。人物と状況から見てベルリンの社交界が扱われている。恋愛に関する俗物的なサロン話の描写は支配的なモラルを攻撃するためであろう。枢密顧問官とその夫人、参事会員と令嬢、男爵と伯爵夫人が顔をそろえる。冒頭の「かれら」(sie 複数)はハイネの場合、腹黒い連中への諷刺の言葉を連ねる際の常套《じょうとう》語である。男たちには語ることもできないし、望むこともできない恋愛、こうしたことを脚韻が見事に諷刺している。「ästhetisch/Theetisch 美的と茶卓」「platonisch/ironisch プラトニックとアイロニカル」「Mund weit/Gesundheit 口を大きくと健康」「roh/wie so? 粗暴なと何故」、やせた顧問官も戯画化である。欠席者がよりよく語れる「gefehlt/erzählt 欠席と物語る」も鮮やかな皮肉となっている。この詩は後年の感覚主義と精神主義の、後者の批判の先取りである。また社会と俗物への一般的な諷刺を含み、この詩の重みをいっそう強調している。

「北海」第二作品群六の「ギリシャの神々」もそうである。九九詩行に及ぶ長大詩で、六つの連は八-六-四九-二一-六-九と、自由な行数の構成になっている。自由律といっていい作品である。一八二六年秋の作詩であるが、フリードリヒ＝シラー(一七五九-一八〇五)の同名の悲歌(人間の文化の推移を悲観的に凋落《ちょうらく》と見なし、ギリシャ文化の喪失を嘆く悲歌とすれば)に対するハイネの返答である。ハイネは後日もう一度シラーのこの悲歌のことを思い出して『アッタ＝トロル』第二十五章の末尾に引用している(「詩にうたわれて永遠に生きるものは/この世では滅びなければならぬ！」)。

シラーの悲歌もキリスト教批判的であるが、ギリシャの神々のテーマは、ハイネの場合（『ロマン派』や『ドイツの宗教と哲学の歴史に寄せて』および『流刑の神々』の中で引き続き考察されている）は、ギリシャの神々も人間と同じく時代の中へ投入され、時代状況とともに変容していくというものである。かつて喜々としていたギリシャの神々が「途方もない幽霊」となって現われる。彼らは実際に「追放され」「死に」、そして朽ちてさえいる。とりわけ目を背けたくなるように通り過ぎるのは、「ヴィーナス・リビティーナ」、すなわち恋愛と埋葬（死）の女神となったアプロディテである。けれども詩人は古の神々を拒否する一方、精神主義に反対するための参加表明を「神々の戦いで、私は今や敗れた神々の味方をします」という形で告知する。この詩は、キリスト教の勝利の行進が犠牲にしなければならなかったものの復権を通じて、禁欲的なキリスト教の克服を求めること、つまり感性の享受、「不老不死の権利」を行使することによって歴史的な視界を広げている。この詩はその意味で包括的解放というハイネの思想にとって中心的な表象を含意している。

また、韻を踏まないで自由律の語を作り出す詩行は、形式的にも主題のうえからもまったく新しい領域に向かっている。伝統的な韻律論を離れる際に、ハイネはルートヴィヒ＝ティーク（一七七三−一八五三）やラーエル＝ファルンハーゲンの弟で作家のルートヴィヒ＝ローベルト（一七七八−一八三二）、さらには若きゲーテの頌歌《しょうか》にもよりどころを求めたようである。現実の海の体験とホメロスを読んだことが土台となって、従来未知であった海のテーマの発見に至った。この新種の自然詩は、直接眺め、体験された自然の形象に向かう。ハイネの場合、まさに「文体の変容」として特徴づけられるものである。作品「ギリシャの神々」では、自然は神話的瞑想のための枠組みとして役立つとともに、夜空のギリシャの神々は擬人化された自然力となっている。海が主要テーマの表現手段となっている。自然と人間は「芸術時代」においてはなお調和的な関係が、ここでは原理的に乱されている。語り手は自然の中で、繰り返し排除されたものとして経験するのである。たとえば、俗物的な日曜日の遠足をする者たちや五月の散歩者が目を細めて「何もかもがロマンチックに咲いている様子」とか「樹々がひたむきに成長している様子」を眺めるのを見て、語り手は典型的な身振りで窓さえ閉めてしまう（「叙情間奏曲」三七、神々の黄昏）。散文の『ハルツ紀行』は、たとえば、ブロッケン山上の観光客たちの「時代後れの感激」をのぞかせる振る舞いの中に、自然への偽りの賛美を辛辣《しんらつ》に示している。ハイネにとって、自然は一面ではムード作りのための形象の提供者となり、他方では疎外現象、あるいは自然への偽りの感傷を批判するための引き立て役として役立っている。

六　ドイツ時代の終わり（一八二八―一八三一）

十九世紀初頭のドイツ

メッテルニヒ体制下で、進歩的市民運動の最初の波は、ドイツの経済的統一を求める動き、代議制憲法制定運動、愛国的かつ国粋的学生組合運動という形をとって現われた。一八二八年に焦点を合わせてドイツの状況についてみておこう。

「一八一八年のプロイセン関税法は、政府によるブルジョアジーの最初の公的な承認であった。それはブルジョアジーがこの国にとって欠くことのできない階級となったことを――重い心で、いやいやながら――自白したもの」であった。一八一九年四月に、経済学者フリードリヒ＝リスト（一七八七―一八四六）によって全ドイツ商工業同盟が設立された。彼はその運営に精力的に取り組む活動を通じてドイツの経済的統一の方向を体現してみせたのである。のちにハイネはこのリストと夕食をともにしているし（一八三一年九月二六日）、翌年秋に二人は交流している。一八四七年にはハイネからリストの遺族に二五グルデンが贈られている。この一連の事実は、単なる表面上の偶然とは考えられないことで、若き日のハイネのリストへの共感、ないしはリスト体験が背後にあって、これが発露したものと見るのが自然であろう。

中世的、封建的身分原則を固守しようとする領邦君主、貴族、カトリックの高僧たちに対して、代議制憲法を求める中間階級の運動として一八一五年早春から始まった「憲法運動」は、一八一六年と一七年にそのピークを迎えたのであるが、ドイツのほとんどの中・小領邦国家で大小さまざまな自由主義的な運動が形成された。ギーセン、ハイデルベルク、イエナの学生たちによってドイツのすみずみにまで、領邦君主への嘆願署名簿が持ち運ばれたという。

イエナの学生組合がライプツィヒの闘いの四周年および宗教改革三百年記念としてプロテスタント系一三大学に対して提起した「ヴァルトブルク祭（一八一七年一〇月）は、統一ドイツのための最初の、大規模な公然たる集会であった。ハイネによってのちに痛烈に罵倒されているマースマンも、当日ベルリンの学生として参加している。彼はこの市民的愛国運動の反動的側面を露呈する焚《ふん》書《しょ》のアッピールに一役買ってしまった。また、ハイネが就職を希望したミュンヘン大学の助教授の地位に収まったのがこのマースマンであったのは、皮肉なめぐりあわせというしかない。

ハイネが学生生活を送ったのは一八一九年一二月から一八二五年七月までの期間であるが、大学入学直前の一八一九年一〇月、ハイネは、アーヘンの学生会議に参加していて、さらに一〇月一八日のライプツィヒの闘いの記念日には松明《たいまつ》行列にも参加している。このため、大学法廷で記念祭参加についての事情聴取を受けている。一一月にはメンツェルと知り合い、学生組合に接近していく。この前年にアーヘンで第一回神聖同盟会議が開かれ、ドイツの大学は不穏な動きのるつぼと見なされ、大学対策がメッテルニヒによって強化された。一八一九年八月には、神聖同盟一〇ヵ国によるカールスバートの決議が五年間の時限立法としてフランクフルトの連邦議会に提案され、ドイツにおける代議制憲法制定運動は禁圧されてしまった。この決議をてこにして、検閲や大学における教授活動のチェック、学生監視が強化された。ハイネが学生生活を送ったとき、彼はこういう形で否応なく時代の流れと相対することになったのである。

カールスバートの決議はプロイセン警察国家によって厳格かつ粗暴に遂行された。一八二三年には、先鋭化した学生組合に大弾圧が加えられた。一八二一年以降、プロテスタンティスムスという言葉は公文書中にその使用を禁じられてしまった。しかし、こういう陰険な抑圧は、生活と発展の見られる地域では、至るところで反発と政治的関心とを高めずにはおかなかった。ライン・ラントのようにフランス革命の洗礼を受けた自由主義的な空気の濃厚な地方では、ベルリン政府からの離反は当然の帰結であった。

一八二六年にミュンヘンに大学が移転、整備されたが、これに象徴される科学の尊重ないし振興の機運は単にバイエルン王国にのみ見られる局地的特殊な傾向ではなかった。事実、十九世紀前半のドイツの研究者たちが近代科学の進歩に貢献した度合いはきわめて大きなものがある。自然科学上の三大発見のうちに数えられるマイヤーの「エネルギー保存則」、シュヴァーンの「細胞論」をはじめ、この時期には科学研究の多くの面で、画期的な業績が生み出されている。特に後者の発見によって、初めて動物と植物が同じ原理のうえに立って考察の対象にされるようになった。ガウスの数学と電気の理論的解明、ヴェーバーの電信、リービヒの弟子ヴェーラーによる「尿素の合成」(一八二八年)など、枚挙にいとまがないほどである。こういった科学の発展は技術の進歩を促し、鉱山や精錬、紡績や織布の部門での機械化とその改良のテンポを早め、生産力を増大させた。二〇年代のドイツは産業革命の時代であった。一八二二年には最初の汽船がライン川を航行し、一八二七年までにプロイセン国内に、三一の貯蓄銀行が数えられるに至っている。プロイセンにおける農業の生産性と利潤を高める問題は、ユンカー経営の育成の方向にその解決が求められ、それは一八二一年の「共同地分割令」で完成された。これがプロイセンの反動的文化政策の強力な基盤であることは断るまでもない。

一八二〇年代のハイネ

一八二〇年代のハイネは、かなり多くの旅行を試みている。たとえば『ハルツ紀行』のハイネ、『イギリス断章』のハイネ、『ポーランド論』のハイネは、これまで触れたような当時の社会経済発展の諸断面を観察しえたはずである。一八二六年夏に作詩された「北海」第二作品群七の「問い」のような詩句が含まれているために『歌の本』が各国の検閲官の目に止まっていることも事実である。たとえば『イギリス断章』第十一章には、「ああ、王たちが民衆の王となって法律に守られているほうが、王殺しである貴族の近衛兵の間にいるより、はるかに安全に生きられることをついには見抜いていたら、どんなにかよかろうに」という見解が見える。

ところで、ハイネはモーザー宛に自分のことを「コッタのもっとも高級な人形」と自嘲しているが、ミュンヘンでの生活を切り開くために、その庇護を受けることにしたコッタ男爵とはどんな人物であったのであろうか。まず、ハイネとの間にナポレオンへの親近感という共通項が見られるが、社会活動面では、領邦ヴュルテムベルクの議員として啓蒙的な方策で市民の福祉を促進しようと努力しているし、ユダヤ人の市民的平等に関する発言をした最初の一人でもあった。また事業家としては、崩壊寸前のコッタ書店の経営を引き受けると、これを蘇生させ、さらにドイツ第一級の書店に仕立てるといった手腕の持ち主であった。そのほか、かずかずの先覚者的な事業経営を試み、たとえば一八二四年には、アウクスブルクの印刷所に動力として蒸気機関を導入したり、一八二五年には、ボーデン湖やライン川に汽船を走らせたといったことは指摘されてよいであろう。

ヘルゴラント便り

ハイネは一八三〇年六月末に、ヘルゴラント島へ向かっている。そのころの記録は、ほぼ一〇年後の『ルートヴィヒ・ベルネ。覚書』第二章の内容が「ヘルゴラント便り」として知られている。ドイツ時代の終わりのころのハイネを、この文を手がかりに探ってみよう。

七月一日から八月一九日までの日付入りの日記体の文章であるが、ここではフランス革命の歴史

ヘルゴラント島

の考察が、サン＝シモン主義の萌芽をも含めてなされている。一八三〇年のパリ七月革命へのハイネの陶酔は、第二章の末尾の「九年の後に」において簡潔に訂正される。「一八三〇年七月に民衆はブルジョアジーのために勝利を勝ち取った」「ふたたび嵐の鐘が打ち鳴らされ、民衆がフリント銃を手にしたら、今度こそ民衆は自分自身のために戦い、応分の報酬を求める」というものである。また「フランスの人々は自由を心に懐いている」（八月六日）と、ハイネは「革命」と「自由」とを区別した。

　七月八日、詩人は聖書をひもときつつ、「何という書物だろう。この世界と同じように広大で創造の深淵に根ざし、天空の碧《あお》い秘密の中へまでもそびえ立っている。……日の出と日没、前途への希望と充溢《じゅういつ》、誕生と死、人類のドラマの全体であり、一切がこの書の中には存在している」と、その感想を記しているが、七月一八日には、感情の自由の神、自然と芸術の神であるパンの死を、次のような対比によって描き出し、七月革命の報に接するまでのハイネの心境が示される。

　キリストは人類を愛している。その太陽は地上全体をキリストの愛という暖める光の炎にくるむ。この世の傷ついたすべての者にとり、苦しみを和らげるなんというバルサム（香油）であろうか、彼の言葉は！　悩める者すべてにとって何という治療の源泉であったろうか、あのゴルゴタの丘に流された血は！　……白亜の大理石のギリシャの神々は、この血を浴び、心の戦《おのの》きのあまり病にかかり、二度と快癒《かいゆ》できなかった。もちろんおおかたの神々は体の中に身を蝕《むしば》む病をえて久しかったし、ひとえにこの驚愕《きょうがく》が神々の死を早めてしまった。真っ先に死んだのがパンであった。

八月一〇日の夕闇迫る海辺の、もの思う詩人の孤独な散策も、波の寄せては返す動きを見ていると、信念――人類の解放闘争では、たとえ個々の戦士は斃れても、大いなる事柄は、結局勝利を収める――がぐらついてくる。「偉大なる神パンは死んだのか？」。そこへ七月革命の知らせがパリから届くのである（八月六日）。「それは新聞紙にくるまれた太陽の光だった。その光はぼくの心を、炎々と激しく燃え上がらせた」。詩人のこの昂揚と陶酔は八月一〇日の項にもなお見出せる。「ぼくの休息への願いは消えた。ついにまたぼくにはわかったのだ。ぼくのなさんとすることが、なすべきことが、なさねばならぬことが。……ぼくは革命の子だ。……ぼくは喜びと歌そのものだし、剣と光そのものだ！」。あるいは、「新聞紙にくるみ込まれた荒々しい太陽光線の一つがぼくの頭にも飛び込んだので、ぼくの思想のすべてが燃え上がっている。海に頭をひたしたが無駄だ。水なんか、このギリシャの火を消せない。だが、ほかの連中もぼくよりましというわけではない。ほかの海水浴客も、このパリの日射病にかかってしまった。特にベルリンからやってきた連中がそうだ」といった具合である。

そのあと、貧しきヘルゴラント島の人々も「貧しき人々の勝利」を本能的に感じ取ったことをハイネは記述するが、先ほど触れたように、「九年の後に」において、ハイネは自己の七月革命観を訂正する。ハイネにとっては、自由と革命の問題に進歩の問題が付け加わるわけである。けれどもこのことは、今進めている話の時点から一〇年後のことである。

パリへの旅立ち

ジャーナリストとしての報告活動を始めて以来、ハイネの社会問題や日々の政治問題への批判的な態度表明は、急速にプロイセン当局の注目するところとなった。イタリアを含め、国外へのいくつかの旅行は、ナショナリズムや偏狭愚劣な振る舞いのあらゆるものへの彼の反発をいっそう強め、ドイツの小国分立の弊害への彼の視線を鋭いものにしていった。「新一般政治年鑑」での半年間にわたる編集者活動は、ハイネに不可欠の、自由と発展の可能性を与えることはできなかった。サン＝シモン主義を特に愛好したことや、逮捕されようとしていることへの警告が、ついに一八三一年五月、政治亡命者の中心地パリへの旅立ちを、目算があったわけではないが、彼に促したのである。

第二章　フランス時代のハイネ

一　パリ生活の始まり（一八三一―一八三五）

芸術家たちとの交流

一八三一年五月一日、ハンブルクを出発したハイネは、九日にはフランクフルトに到着し、数日後石版画家のモーリッツ＝ダニエル＝オッペンハイム（一八〇〇―一八八二）によって肖像を描いてもらい、中旬にはフランクフルトを出発して、途中、ハイデルベルク、カールスルーエ、シュトラースブルクをへて、フランスのナンシー、シャロン・シュル・マルヌおよびシャトー・ティエリーを経由して、二〇日ごろに馬車でサン・ドニ門を通過してパリに入った。

パリに到着したハイネは、翌日、サン＝シモニストの機関紙「ル・グローブ」の編集室に編集責任者のミッシェル＝シュヴァリエ（一八〇六―一八七九）を訪問して話を交わしている。この人はこのときのハイネがかかわりを持つ唯一のフランス人であったらしい。二二日にはハイネのパリ到着を報ずる記事が「ル・グローブ」紙に掲載された。

パリ最初の宿

ハイネのパリ最初の住所はヴォジラール街五四番地、オテル・デュ・リュクサンブールであった。この建物は今も、参議院の正面玄関を左に見ながらリュクサンブール公園の外周に沿って少し西進すれば道路の右側に見える。ハイネは自室の窓から、緑したたる公園のたたずまいを真向かいに眺めることができたであろう。

ハイネがパリの住人となった年のパリの人口は、八六万一四三六人で、そのうちドイツ人は約六七〇〇人であったといわれる。もっとも、この人たちは大部分が手工業者で、七月王政下のフランスでは、それ以外にもおおぜいの農民が移住してきていたようである。一〇年後には、パリのドイツ人は四倍近くにふくれあがるが、一八四八年をピークにして、三月革命後、ドイツ本国への帰還の波が続き、ドイツ人移住者の数は急速に減少してゆく。亡命ドイツ人の数の推移のかげに、ドイツ本国の政治と経済にかかわる理由が如実に秘められていたのである。

滞在一ヵ月の間に、実に多彩な顔ぶれの各界人との交流が始まる。ハイネの「私に関するかぎり、そのころ初めて首府を訪れ、数かぎりない新しい印象にとらえこまれていた……」という言葉さながらである。面識を得たサン＝シモニストでは、アマン＝バザール（一七九一－一八三二）、ジャン＝ルイ＝レルミニエ（一八〇三―一八五七）など、音楽家では、エクトール＝ベルリオーズ（一八〇三―一八六九）、イタリアの作曲家M・L・S・ケルビーニ（一七六〇―一八四二）、ポーランドの作曲家フレデリック＝ショパン（一八一〇―一八四九）、ハンガリーの作曲家でピアノ奏者フランツ＝リスト（一八一一―一八八六）、フランスの歌手アドルフ＝ヌリ（一八〇二―一八三九）、フランスの作曲家ジョルジュ＝オンズロー（一七八四―一八五三）、イタリアの作曲家ジョキアーノ＝ロッシーニ（一七九二―一八六八）、作曲家のフェルディナント＝ヒラー（一八一一―一八八五）、メンデルスゾーン―バルトルディ（一八〇九―一八四七）、オペラ作曲家ジャコモ・マイヤーベーア（一七九一―一八六四）、音楽関係の出版人モーリス＝シュレージンガー（一七九八―一八七一）がいる。

この時期にハイネが交渉を持った人たちのうちで注目したいのは、ドゥラクロワのパトロンにもなった歴史家で政治家のアドルフ＝ティエール（一七九七―一八七七）、ベルネと連れ立ってそのサロンに通うことになる銀行家夫人ナネット＝ヴァランタン、ポーランドのジャーナリストのアーダム＝グロウスキー伯などである。パリ社交界での作家や音楽家をはじめとする芸術家たちとの交際によって、ハイネはたちまちもっとも興味深い人物の一人となった。この時期にかぎらず、フランス時代に友人となっていった人々には、オノレ＝ド＝バルザック（一七九八―一八五〇）、ヴィクトル＝ユゴー（一八〇二―一八八五）、ルシル―オロル＝デュデゥヴァン（ジョルジュ＝サンド、一八〇四―一八七六）、アレクサンドル＝デューマ（一八〇二―一八七〇）がさらに加わる。

リュクサンブール公園から見たパンテオン

その後の自分の人生のすべてをパリとフランスで送るであろうとは、当初ハイネ自身考えてもいなかった。彼の個人的なとても幸運ともいえる状況や、後年の妻マチルドとの結びつきが、彼の腰を落ち着かせてしまった。一八四八年以来、彼をベッドに釘づけにしてしまった長期にわたる重い病気（筋萎縮症のようなもの）と、険しくなってきたドイツの政治状況とが、とにもかくにもその後のドイツ帰還をもはや許さなくしてしまったのである。

初めての仕事

一八三一年五月、名実ともにヨーロッパの芸術と政治の中心地だったパリに初めて到着し、そののち、結局は四半世紀に及んでしまう亡命生活に入ったとき、ハイネが行った最初の仕事は、パリの展覧会についてコッタ書店の「モルゲンブラット」誌に寄稿することであった。事実、ハイネはこの年の七月に、恒例の夏の絵画展「サロン」を見るために、何度もルーヴル美術館へ足を運んでいる。その結果、ドゥラクロワなど八人の画家の作品についての記事を送ることができた。

これらの絵画が扱っている対象が、ハイネの心を大きく占めることになる。それはこのサロンで、歴史的、時代史的、時代批評的テーマを取り上げた作品が支配的であったためである。一八三〇年代前半に至るまで、ハイネの詩作活動は、問いかけと探究、実験と訓練そのもので、彼の主観的な文体は、この時期のこうした努力のかげで客観性に裏打ちされた文体へと次第に変化を遂げていくことになる。

このへんの事情をハイネは『サロン』第三巻序で、次のように述べている。

詩がこれ以上どうにもならないことを知って久しかったので、私は新たに立派な散文をめざした。けれども散文では、美しい天気、春の日差し、五月の喜び、ニオイアラセイトー、名もなき樹々で間に合わせることができないので、新しい形式のために新しい素材を求めなければならなかった。そのことによって私はいろいろ理念と取り組むという不運なことを考えついてしまった……。

つまり近代社会の政治や社会構造が、いっそう省察を加えられた、歴史ならびに哲学に方向づけられた「図解」を求めているという洞察に突き動かされて、ハイネは政治や哲学の理念との対決を避けられないものと考えるに至った。

『旅の絵』の作品中で散発的に始まり、ドイツ時代最後の散文『カールドルフ貴族論の序』（一八三〇年）、『フランスの画家たち』（一八三一年）、『フランスの状態』（一八三一―三二年）、そして『ドイツの宗教と哲学の歴史に寄せて』（一八三四年）というように、ハイネは散文による分析、究明、対決の仕事に徹底的に取り組む。けれどもこの「詩から散文へ」という意識過程が規定され始めるのは、ようやく、固まってきた中庸路線を知ることになる一八三一年のことである。この路線のもとでは、支配的で富める経済ブルジョアジーと抑圧され貧しい小市民やプロレタリアの住民層との間の社会的対立がますます鋭くなっていくのである。ここでは、パリでの初めての仕事、ハイネのロマン主義からリアリズムへの歩みも示す芸術論『フランスの画家たち』に絞って、少し具体的に眺めてみることにする。

「パリの絵画展一八三一年」の冒頭の書き出しはこうである。

　このサロンの絵画は五月初旬から展示されたのち、今は閉じられている。これらの絵画は、概して浅い目で見られただけである。人々の心はほかの方向に忙殺され、気がかりな政治のことでいっぱいになっていた。

パリに着いてまのないハイネ自身も、ほかの人たち以上に、芸術作品に接するには欠くことのできない精神的ゆとりを持ってルーヴルの広間をさまようことができなかった。けれども「芸術の哀れな子供」である絵画が、「せわしなき群衆によって、ただどうでもよいような一瞥という喜捨」

を投げかけられるだけの状況や、「苦痛も口に出さず、これらの絵画はわずかばかりの共感あるいは心の片隅への受容を求め」ていて、しかもその芸術作品の側の要請が徒労に終わっている場に居合わせてみて、展覧会が芸術の子供の「孤児院」そのものにハイネには思えてくる。「孤児院」の見せる「品位を落として、いかんともなしがたい状態、若い時代の破綻」を目の当たりにすれば、誰でも心を動かされるように、ハイネはこの展覧会に「心を動かされ」る。そして、芸術の再生と活路とを求めて、これらの作品が訴えているものが、群衆の心の襞《ひだ》にもっと深く受け止められるような手立てを講じずにはいられなくなったのである。

ハイネは「健全な理性」の持ち主であるフランス人の大方の評判になった画家八人について紹介の筆を進めているが、ここではハイネへのヘーゲル美学の影響と対決の中から発言された「芸術時代の終焉」という芸術観、ロマン主義とリアリズムをめぐってのハイネの検討にかかわるドゥラクロワとドゥラロシュの二人に絞ることにする。

ドゥラクロワ：『バリケード上の自由』
（ルーヴル美術館）

ドゥラクロワ

のちのちまで、ドゥラクロワ自身も気に入っていたという『バリケード上の自由』が一八三一年のサロンに出品されると、ハイネも書き留めている通り、「その前にはいつもおぜいの人だかりがして」いた。政府買い上げとなり、この画家に栄光と名誉をもたらしたこの絵を見たハイネは、「この絵には不思議にわれわれに向かって吹き寄せてくる偉大な思想が息づいている」と述べて、その画面から受けた印象をいろいろとつづっていく。

　ともかく生涯に六六〇〇点以上のデッサンを残したフェルディナン-ヴィクトール＝ユジェーヌ＝ドゥラクロワ（一七九八-一八六三）は、デッサンの教授法の中で「文学の作家がペンの先に自己の思想を持っているように、鉛筆の先に諸君の思想を持て」と後進に求めている。また彼は精神の糧《かて》としてシェイクスピア、バイロン、スコットに親しみ、一八二四年、バイロンがミソロンギで客死を遂げた年『キオス島の虐殺』をサロンに出品したり、一八二七年のサロン出品作『サルダナパールの死』の主題が部分的にバイロンに負っていたりしている。また「現世のカインたろうとするいっそう豊富な喜びを味わいつつ、現実（彼を取り巻く世俗的世界）を否定する者」というバイロン観を抱き、日記に「偉大な詩人、あるいは偉大な画家を真に特質づけるもの、言い換えれば、すべての偉大な芸術家を特質づけるものは、ただ単に思想を表現するための新奇な形式を考案することでなく、精力的な努力によって思想を実現することであり、一個の思想の核心にあらゆる造形要素を集中し、その思想を肉体化し、実在する生命にまで高めうる力」と書きつけていた人である。ハイネが「吹き寄せてくる偉大な思想」をドゥラクロワの作品からまず受け止めたのは、当然の印象としてうなずくことができる。

ハイネは七月革命の日々の民衆の一団を描くこの作品を「群衆を率いる自由の女神」としてだけとらえているのではない。「画面中央にほとんど暗喩的な形姿といってよいくらいに、若い女性がそびえ立ち、その頭にはジャコバン党員の赤い帽子をのせ、一方の手にはフリント銃、他方の手に三色旗を持って」いるが、彼女は屍《しかばね》を踏み越え、戦いへと促しつつ、腰まで肌をあらわにした見事な激情的な体つきをし、大胆な横顔で思い切った苦痛を表情に現わしている。この彼女をハイネは「娼婦、商い女、自由の女神のたぐいまれな混合」ととらえている。

「宿命的な負担を投げ捨てるたけだけしい民衆の力を表わしている」と見て取っているのである。この「民衆の力」の具現を中心にすえて、それを相補ういくつかの人物像の説明がハイネによって試みられる。たとえば、「両手にピストルを持ち、路地裏のヴィーナスのかたわらに立つ煙突掃除のキューピット」、「昨晩は劇場の途中外出券を売りさばいていたであろう、地面に横たわる……男性」、顔にはガレー船漕ぎの刑罰の痕跡を残し、醜い上着には陪審裁判所の匂いをつけた「銃を持ち、突撃してくる勇者」。そしてハイネの感動は、この名もなき人々……を神聖化し、彼らの心の中に眠れる品性を覚醒させた偉大な一つの思想」の表現という一点につながっている。

ハイネはドゥラクロワの彩色法をめぐっても同じ感銘を受けている。

この展覧会の全出品作の中のどれにも、ドゥラクロワの七月革命の作品ほどに色彩が光沢を消され乾いているものはない。それにもかかわらず、まさにこの光沢と微光の欠如、あるのは硝煙と塵埃《じんあい》、これがまるで灰色の蜘蛛《くも》の巣のように形象を覆っている。日光による乾いた彩色法、それがいわば水滴を求めているのだ。こういった一切がこの絵画に真実性、本質性、根源性といったものを与え、この絵の中から、七月の日々の実相を感じ取らせるのだ。

ここにはすでにフランスのロマン派が、その絵画生産においてリアリズムの萌芽を生み出し、ドイツ・ロマン派をしのいでいる実感がハイネには見られる。

パリと太陽、七月革命を称えるハイネの言葉は、あの「ヘルゴラント便り」そのままであるが、一八三〇年八月二五日のブリュッセルの小市民による蜂起が九月の市街戦での奇跡的勝利をへて、貴族と上層市民の革命側への加担、一〇月の暫定政府の樹立となり、一八三一年六月に立憲君主制の成立をもって落着するベルギー暴動について「自由の樹が天国にまでも生い茂らないように」と風刺の利いた指摘を付け加えることを、ハイネは忘れていない。

ハイネによるドゥラクロワの出品作のこうした解釈は、さらに作品に見入るいろいろな立場の人たち（商人、若い女性、上流市民の父娘、枢機卿《すうきけい》、侯爵）の対話や振る舞いを活写することによって対比、補強され、締めくくられている。

ドゥラロシュ

ハイネが歴史画の代表者と呼ぶポル＝ドゥラロシュ（一七九七–一八五六）は、一八三一年のサロンに四点の作品を出品した。ハイネはそのいずれをも見ている。二つの小品はフランスの史実に基づき、他の二作品はイギリスの史実によったものである。どの作品も画題は「死」にかかわる問題が取り上げられているが、イギリスの一枚を除いてハイネの印象は比較的簡単に扱われているので、その一枚に絞ることにする。

『チャールズ一世の柩《ひつぎ》の蓋を開けるオリヴァー＝クロムウェル』がそれである。クロムウェルは一六四九年一月二五日に特別法廷を通してチャールズ一世に死刑の判決を言い渡させ、一月三〇日に処刑させた。それはブルジョアジーが、その封建制度に対する三大蜂起の第二の決戦で、理論的支柱をカルヴァンの信条に求め、自営農民と都市の平民分子の加勢を受けて、チャールズ一世を断頭台に送るまで突き進んだ歴史のひとこまである。

ハイネはこの画面から受けた衝撃をまず次のように書き留めている。

　画面にわれわれはこの作品の二人の主要人物を見る。一方は屍となって柩の中に、他方は生命力に満ち満ちて柩の蓋を持ち上げ、死せる仇敵《きゅうてき》を見つめる。それとも見えるのは英雄たちそのものでは

ドゥラロシュ：『チャールズＩ世の柩の蓋を開けるオリヴァー＝クロムウェル』
（ニーム市立美術館）

なく、この世界という監督によってその役割を割り振られた俳優にすぎないのだろうか？　そして知ることもなく双方の攻め合う原理を演じているのだろうか？　この敵視する原理、二つの大いなる思想、おそらくは創造主の胸の中ですでに論戦しているものかもしれないが、ここでは取り上げないことにする。だからわれわれはそれらが画面上に相対するのを見るのである。一方はやつれ、傷つき、血を流すチャールズ＝スチュアートの人物として、他方は大胆に勝ち誇るオリヴァー＝クロムウェルの人物として。

最初の衝撃のあと、ハイネはこの画面を子細に検分して、ドゥラロシュの提示する強烈なイメージを真正面から受け止めてみせる。

チャールズ一世の居城ホワイト・ホールの黄昏《たそがれ》の広間の一つ、暗赤色のビロードの椅子の上に、首を刎《は》ねられた王の柩が置かれ、その前に一人の男が立つ。彼は静かな手つきで蓋を持ち上げ、遺骸を見つめている。彼はそこにポツンと一人立ち、形姿はずんぐりとして、その姿勢には引き締まったところがなく、表情は乱暴なくらいに名誉心に裏打ちされている。彼の衣装は通常の戦士のそれで、清教徒らしく飾り気がない。暗褐色で長めのビロード製チョッキ、その下に皮革製の黄色の上衣。乗馬靴はずっと上まではいているので、黒いズボンが目につかぬくらいである。

胸に斜めに汚れた黄色の剣かけがあって、それには釣鐘状の握りのついた剣がかかっている。頭部の短く刈られた黒っぽい髪には、黒色のつばのめくれ上がった帽子が赤い羽根をつけてのっている。首には白色の外側に折り出された小さなカラーがあり、その下には鎧《よろい》が見える。汚れた黄色の手袋。剣の柄近くの、一方の手には短いステッキが持たれ、他方の手には柩の上げられた蓋があって、その柩には王が横たわっている。

クロムウェルと際立った重大な対照をなしているのは、「柩の中の緑の絹製のたっぷりとした枕、ブラバント地方のレースで縁取りされたまぶしいばかりに白い死者のシャツの優雅さ」である。惨めに血を流す王権という世界苦を目の当たりにして、深刻な感じに襲われたハイネは、頭を落としたときには王冠をすでに喪失していたルイ十六世と、首そのものと一緒に王冠をなくしたチャールズ一世とを比較して、「ルイ＝カペーには涙を、チャールズ＝スチュアートには月桂樹を！」と揚言するのである。「もっとも激越な共和主義者ですら、心傷む気分の悪さに押しひしがれて」しまった歴史の大きな変転の断面をハイネは執拗と思われるくらいになぞってみせる。王という樅《もみ》の木を不幸な斧で倒す樵《きこり》のイメージ化、チャールズの首の傷、小太鼓が打ち鳴らされるルイ十六世の最期の場面……。

ここでハイネは、ドゥラロシュの隣に陳列されているロベールの『刈り手の到着』を対比する。

それはまだ終わっていない大いなる時代の闘争の世界史と、始まりもなければ終わりもない人類の歴史の対比であり、また「あの遙かな海鳴りかあほうどりのつんざくような啼《な》き声に似たイギリスの方言の特徴」と「トスカナの甘美な言葉がローマ人の口唇から響く」のとの対比でもあった。そしてまさにハイネ一流の表現なのであるが、この対比そのものが一挙にルーヴル美術館の屋外の騒然たるデモのざわめきという生々しい現実の中へ突き落とされる。ハイネの文章は重苦しい筆致から、ここでにわかに「動」に転ずる。いわば、苦悶と模索から認識と決断への移行である。「ワルシャワが陥落した！　われらの前衛が斃《たお》れた！」

このような喧騒の中では、思想や形象のすべてが混乱し、脇へ追いやられてしまう。ドゥラクロワの自由の女神がすっかり顔つきを変えて、私のほうへ歩いてくる。激しい目に不安の色をたたえてといってよいくらいにして。……死せるチャールズの顔もすっかり変わった。一挙に変わって、よく見ると黒い柩の中には、王ではなく殺害されたポーランドが横たわっている。柩の前には、クロムウェルはすでに見えず、ロシアの皇帝がいた。

ここにはＡ・Ｗ・シュレーゲルの説く方向との明確な対置が看取される。宗教に代わって政治が。批評がどんなに困難になっているか、ということをまさにこの喧騒の中でハイネは感じている。分裂と誰もが論争する時代、芸術はあらゆる点で平和のオリーブを必要とするのにもかかわらず、戦争のトランペットが鳴り響かぬかと不安に駆られて耳をそばだてる心ある人たち、そういう状況に芸術家が囲繞《いにょう》されているという没落感――ハイネはこういう状況認識のもとに、それに対置する考えを打ち出そうとする。あのハイネの偉大なる師ヘーゲルは、絶対精神の概念における三つの形式の第一の形式である芸術が、精神の最高の要求であることをやめたのが、われわれの（ヘーゲルの）時代だと見て取ったが、この時点での詩人ハイネは、自分の属する時代をどうにもならないものとしては受け止めていなかったのである。

ゲーテのゆりかごのかたわらで始まり、彼の柩のかたわらで終焉するであろう芸術時代についての私のかつての予言は、その実現に近づいているようだ。今の芸術は滅びるにちがいない。それはこの芸術時代の原理が依然として命脈の尽きた陳腐な体制、すなわち神聖ローマ帝国の過去に根ざしているからだ。したがって、この過去の色あせた残滓《ざんし》のすべてと同じく、この芸術時代の原理は、現代とどうしようもなく矛盾対立に陥っている。時代の動きそのものでなく、この矛盾が芸術にとってきわめて有害なのだ。むしろ、この時代の動きそのものが芸術を旺盛にするものであるはずだ。

こう述べて、アテネやフローレンスの故事、フィディアスやミケランジェロが「自分たちの芸術を時代の政治から切り離さなかった」こと、ダンテは追放の身で、また戦争の苦難の中で、「おのれの才能の没落をでなく、自由が滅びることを嘆いた」ことをもあげて、新しい時代と高らかに共鳴する芸術の再生にハイネは思いを馳せる。

それとも、いずれにせよ芸術や世界そのものが悲しい終末なのだろうか？　現在ヨーロッパ文学の中に見られる圧倒的な精神化、それはひょっとして近づいた命脈の尽きる前兆なのだろうか？　……それとも白髪のヨーロッパはふたたび若やぐのだろうか？　そしてヨーロッパの芸術家や文筆家のたそがれゆく精神性は、死にゆく者の不思議な予感能力ではなしに、再生のぞくぞくするような前駆感、新しき春を感ずる息吹きなのだろうか？

この結びの言葉の「新しき春」こそは第二の詩集『新詩集』の冒頭を飾る作品群のタイトルにほかならない。

二 「若いドイツ」派の禁止

詩から散文へ

パリへの移住によって、ハイネの作品のプログラムが変化した。今やドイツとフランスとの間の交換、調整、媒介を求めて自覚的に努力を重ねていたからである。ハイネはフランスについて芸術と政治に関する報告を行った。すでに触れた『フランスの画家たち』、『フランスの状態』、一八三三から三四年には『ドイツ近代文学の歴史のために』（一八三六年に『ロマン派』となって敷衍《ふえん》される）および『ドイツの宗教と哲学の歴史に寄せて』という叙述が生まれた。ハイネの政治に関する報告は、ドイツ語の散文の傑作の一つとなっている。

ところで、「エレガント」紙の編集をふたたび引き受けたハインリヒ＝ラウベ（一八〇六―一八八四）が、ハイネにも寄稿を求めてきたところから二人の交渉が始まる。一八三〇年の七月革命はフランスにおける復旧時代に終止符を打ち、新しい時代の精神を世に流布《るふ》した。一八三一年のヘーゲル、一八三二年のゲーテのそれぞれの死は、一つの時代全体の精神的過程が完了したものと思わせた。このような時代転換の意識は、ハイネが『ドイツ近代文学の歴史のために』を執筆する際に著しく関心をそそったが、この著作の最初の二章に関連づけながら、一八三三年四月八日、ハイネはラウベ宛に次のように書き送っている。

ゲーテの死去後、ドイツの読者大衆に文学の決算書を送りつける必要があったのです。今や新しい文学が始まっているとするならば、拙著も綱領には変わりなく、だからこそ僕はほかの誰よりもっと多くのことを、新しい文学のために示さなくてはならなかったのです。

「若いドイツ」派の禁止

ハイネは一八三三年に「若いドイツ」という文学集団の概念を用いた最初の一人であるが、『ロマン派』はこの文学集団が禁止に追い込まれる一〇日前に刊行された。一八三三年七月一〇日、革命的サン＝シモン主義者としてハイネはこの友人ラウベに、政治的解放を社会革命の下位に置くことを述べている。ハイネとサン＝シモン主義との関係は、プロスペール＝アンファンタン（一七九八－一八六四）の影響下で汎神論的表象の形で頂点に達し、それ以後サン＝シモン主義への熱は冷めてゆくことになる。

ハイネの『フランスの状態』について、ラウベは「エレガント」紙上で、「この作品は歴史を描く新しい方法で、この書物は旭日《きよくじつ》に輝く第一級の作品」「この書物を新時代のいちばん素晴らしい歴史作品にする言葉の詩的魔術」と評価している。ラウベは『ロマン派』についても「エレガント」紙上で、この著書を「ドイツのシャトーブリアン」と賛辞を贈った。

『ドイツの宗教と哲学の歴史に寄せて』の第二巻の結びは、理神論が断頭台に登る哲学革命の始まりを予告している。

僕らは彼［エホバ］がさらに精神化するありさまを見たし、幸福のあまり柔和にすすり泣く様子を見たし、慈愛あふれる父親になったさまを見たし、あまねく人間の友、世界を幸福にする者、博愛主義者になるのを見た――こうしたすべてのことが彼の役に立たなかった――君たちには鐘の音が聞こえるだろうか、跪《ひざまず》きたまえ――死にゆく神に秘蹟の品が運ばれているのだ。

この政治上の反対派を、宗教的なそれとして偽装の宗教批判者になるという戦術が奏功したのは、一八三五年の連邦議会の「若いドイツ」派に対する禁止処分の決議までであった。この決議の直前にハイネはなお次のようにラウベに書き送っている。

プロテスタントの思考の自由や判断の自由を、そっくり無効宣言することなしに、宗教上の原理やモラルについての議論を拒否することはできません。

初めハイネは連邦議会の決議をそれほど深刻には受け止めていなかったようであるが、メッテルニヒの示唆により、ハイネは発禁処分を受けた一連の作家、グッコー、ラウベ、ヴィーンバルク、ムントたちの先頭に置かれてしまった。遅きに失したが、ハイネは「ドイツ評論」紙の迫害された主導者たち、ヴィーンバルク、グツコーへの連帯表明と連邦議会宛の公開書簡を出す（一八三六年一月二八日）とともに、メンツェルをめぐる文学上の内戦を『密告者について』で開始した。ハイネはメンツェルのことを「暴民性と悪党根性の混合物」と呼び、メンツェルの無定見な攻撃を防ぐために「この汚らわしい悪党」を個人的に攻撃するようラウベを誘っている。また「吊るし首のロープというものが書いてできるものならば、彼はとっくの昔に縛り首になっているところです。ぼくらの爪先が奴の首に抜けるほど尻を蹴とばしてやるたぐいの下劣な奴なのです」と、かつての戦友が互いに密告し合う政治の後退期に「文学上の内戦」が勃発してしまったのである。ハイネのグツコー評も激しいものである。

グツコーは僕のよく知っているデーモンに取りつかれています。（密告者根性のことで、ドイツの知識人の大きな誘惑としてハイネが弾劾しているものの）デーモンに僕はいつも不安を感じていたことを思い出します。それはたぶん絞首台のやくざなコビトのことで——まずこのコビトをコッツェブーがあのミュルナーに、そのミュルナーはあのメンツェルに、そのメンツェルはあのグツコーに引き渡したのです。

ハイネはグツコーの中に反ユダヤ的伝統の一分派を見分けた。ともかく、ハイネは受注の仕事にもかかわらねばならなくなった。たとえば、『「ドン＝キホーテ」への序文』や『シェイクスピア劇の乙女と婦人たち』がそれに当たる。

三 『アッタ＝トロル』

1842年のハイネ

作品成立のいきさつ

何度もその実現を企てては失敗に終わり、のびのびになってしまった『新詩集』が刊行にこぎつけるのが一八四四年であるが、それに先立ち一つの叙事詩が生まれた。『アッタ＝トロル』はなかなか解釈の難しい作品である。

Atta がドイツ語とヘブライ語の混成語であるイディッシュの Ätte＝Vater（父）につながりがあるとするならば、「トロル親父」とでも呼べそうな『アッタ＝トロル』は、初め「モルゲンブラット」誌のためにハイネが構想していたユーモラスな小叙事詩であったが、一八四二年末から一八四四年にかけてふたたび「エレガント」紙の編集を引き受けていたラウベが、当時非常に広範囲に広まっていたこの雑誌の見本号用に寄稿を求めてきたときに、ハイネは当初の計画を急遽《きゅうきょ》変更した。ハイネは二つの可能性を見たのである。一つはドイツでの失地回復を図ること、もう一つは「ハレ年鑑」や「ライン新聞」と結んでライプツィヒの「エレガント」紙を、時代精神（常套句の愛国主義）に対抗して論戦を展開できる決定的な機関に改変することであった。一八四二年一一月七日、ハイネはラウベに「およそ四詩行二百詩連二十章」からなる、ほとんど仕上がった原稿を送った。ハイネは述べている。

ぼくらの間だけの話ですが、これはぼくが詩作したものの中で、いちばん重要なものです。時代との関連がびっしり詰まっていて、思い切ったユーモアに満ちたものです。――完全に真夏の夜の夢です。

いわゆる「ラウベ印刷原稿」となっていくものであるが、ラウベは編集者として、またドイツの状況を踏まえた代弁者として、政治的、道徳的および宗教的な理由から、一つひとつの詩句に異議を差しはさんだり、ハイネに修正を求める。『アッタ＝トロル』成立に至る舞台裏が、両者の四ヵ月余にわたる交信によって浮き彫りにされるが、これとは別にハイネは一八四六年末に、自分の制作意図に沿って二七章仕立てに改めて、全集に『アッタ＝トロル。ある夏の夜の夢』として収めた。

筋の展開と込められた寓意《ぐうい》

この叙事詩の筋の展開を要約すると、一匹の踊る熊が、コトレの湯治場で実演した際に「奴隷のくびき」から身をもぎはなし、「妻」の「黒いムンマ」を残し、山中の子供たちのいるところへ逃れる。そこで彼は家族の洞窟でアジ演説をぶつ。それと並行して語り手である詩人と熊撃ちラスカーロは連れ立って出発し、いろいろな宿泊と休憩を重ねたあと、ウラーカの小屋に達し、この悪企みの魔女の助けを借りて、ラスカーロは熊を撃ち殺すことに成功する。熊はコトレに運び戻され、ついにパリのジュリエットの寝室のベッドサイドマットになり果てる。

ぶきっちょな踊り熊で、大言壮語の世界改良者アッタ＝トロルはさまざまな思想傾向を持つ前三月期の政治的反体制派のアレゴリーである。すなわち市民的自由主義のそれや急進的民主主義や社会主義のそれなのである。強力で堂々とした主人公は、したがって「人間的自由主義一般」に加担している。彼の世俗的な毛皮の中には、「見せかけの英雄、実行を伴わない愛国者やそれ以外の救国者」が、要するに偏狭な「同時代人」がひそんでいる。さらにこの熊の毛皮には「役にも立たない熱狂のもやもや」で書かれた政治詩がひそんでいる。たとえば、六種類の傾向演説は、熊の山上の垂訓のポーズでその理念を笑いものにされる。共和主義的視点から、不平等批判がパロディ化される（第五章）。自由・友愛・民族統一のための闘争が、政治史的視点から（第六章）、モラルの視点から真剣さが、美的視点から文化事業としての芸術の理念が（第七章）、宗教的視点から理神論が（第八章）、それぞれパロディ化される。社会革命的視点からは結局共有財産がパロディ化される（第十章「私的所有は泥棒だ」）。

自由、平等、国籍、良風美俗、宗教および共有財産、これらが異質の理念となるのは、その崇高さがばかげた熊の論理によって滑稽な対象物に転化することで、自由主義の、キリスト教の、および初期社会主義の諸理念が空疎なスローガンであることをさらけ出されるからである。たとえば、熊が持ち出す人権批判――「学問のある犬だっているじゃないか？　会社の顧問みたいに計算できる馬だっているじゃないか？」、あるいは「ロバが批評を書いているじゃないか？　猿が喜劇をやっているじゃないか？」。同じように不条理なのは、平等権、所有権、無神論の批判あるいはユダヤ人解放の理念のそれである。たとえば、「ユダヤ人にはいっさいを許す。ただし踊り手には競争は許されない」（第六章）のである。

公正で、平等で自由等々の動物帝国という異化フィクションが、熊の論理ともどもすべての進歩的な理念がまぼろしのスローガンであることを暴露する。トロルが語り手を介して利用する嘲笑がさらに付け加わる。たとえば、語り手が「不逞《ふてい》の平等観の妄想」と拒絶することによって（第五章）。語るだけでまったく行動しないトロルの影響力がまったくないことが、山中の――広場ではなしに――子供の前で説教することによってまざまざと見せつけられる。最後に世界改良主義者は、ぶざまな挫折を遂げ、ようやくベッドサイドマットとなって、ある程度役に立つのである。

「堂々と四脚の揚抑格の韻を踏んで、この地上を闊歩する」（第二十四章）トロルは、政治家であるばかりでなく、芸術家と自分では思っている。「しっかりと真剣に威厳に満ちて」舞踊芸術にいそしんでいる。このトロルのやせ細った才能をさらけ出すことの狙いは、偏狭でぎくしゃくとした傾向詩人の芸術のあり方であろう。主人公の墓碑銘（バイエルンのルートヴィヒ一世が語るように仕組まれている）は、この傾向的演説者や芸術家のあらゆる傾向を、その矛盾を明らかにしつつ要約している。

井上正蔵先生の訳で紹介する。

Atta Troll, Tendenzbär; sittlich
Religiös; als Gatte brünnstig;
Durch Verführtseyn von dem Zeitgeist,
Waldursprünglich Sanskülotte;

アッタ・トロル、傾向的熊なり、
道徳的宗教的、妻に対して肉欲さかん、
時流の思想に誘惑されし
山出しのサンキュロット。

Sehr schlecht tanzend, doch Gesinnung
Tragend in der zott'gen Hochbrust;

踊りは、すこぶる拙劣なれど
毛深き胸に高邁《こうまい》なる信念を抱く。

Manchmal auch gestunken habend;
Kein Talent, doch ein Charakter !

またしばしば悪臭を放つことあり、
才能はなけれど、節操あり！

その他、トロルを当時の現実の世界に当てはめて、ベルネやルーゲ、フライリヒラートやヘルヴェークの名前と結びつけ、ハイネの批判の矛先《ほこさき》を確かめることもそれなりに可能であるが、ここでは省く。

この詩の眼目　いずれにしても第二十章に描かれるイメージはハイネの作品にとっての中心的なテーマ「流刑の異教の神々」の敷衍であるので、興味深いことを付言しておく。第三章で、黄金の締め金具と真珠の紐《ひも》飾りをつけた、詩人の「愛すべきペガサス」は散文的な時代の傾向に具体的明瞭に抗議する。この天馬は「市民社会に役立つ律儀な馬車馬ではない」し、「悲壮に地を蹴っていななく、党派心に燃える軍馬でもない！」のである。

芸術家として解放に与《くみ》することが、この叙事詩の眼目のようである。ハイネの熊が挑発したもの、それは国民的に限定された、芸術的にぎこちない自由観である。一八四二年にハイネはラウベに宛てて「ロマン主義の美の女神は古いドイツに永久に別れを告げています！」と書き送った。だからハイネは第二十七章で「現代のトレモロが古い基調音から飛び出す」と書いたのである。一八四二年というドイツの惨めな現実に、ハイネは意図的に芸術の自律性を対置する。ペガサスの翼に乗ってしか達することができない物語の国はたしかに市民的な現実から引き離されているが、本質的にはそれへの批判的な対立となっている。芸術の世界では自由が肝心であり、これなしに芸術は存在できないので、この物語の国で、「最高の自由」は生き延びることができるのである。『アッタ＝トロル』の草稿で、ハイネはこんなことを書きつけている。

"Ja, in guter Prosa wollen
Wir das Joch der Knechtschaft brechen —
Doch in Versen, doch im Liede
Blüht uns längst die höchste Freiheit."

「そうだ、立派な散文でぼくらは
隷属のくびきを打ち破ろう—
でも詩歌のなかではもうぼくらの
最高の自由の花が咲いている」

四 『新詩集』

構成

この詩集の形式的な構成を紹介しよう。五つの作品群に分かれ、さらにいくつかのサブ作品群に分かれる。

一 「新しき春」——プロローグと一～四四

二　「色とりどり」――（一三のサブ作品群からなる）
「セラフィーヌ」――一～一五
「アンジェリーク」――一～九
「ディアーナ」――一～三
「オルターンス」――一～六
「クラリス」――一～五
「ヨラントとマリー」――一～四
「エマ」――一～六
「騎士タンホイザー　或る伝説」――一～三
「創造の歌」――一～七
「フリーデリーケ」――一～三
「カタリーナ」――一～九
「異国の地で」――一～三
「悲劇」――一～三
三　「物語詩」――一～二四（一〇にはサブ作品群一、二、三が、二四にはサブ作品群一、二、三、四、五が含まれる）

四　「スペインの煮込み料理に寄せて」――一〜一〇
五　「時事詩」――一〜二四

「新しき春」

ハイネは『サロン』第一巻序（一八三三年）で、「次に育ってきている世代の人々は、僕の言葉と歌のすべてが偉大な、神も喜ぶ春の理念から咲き出てきていることをもう読み取っています。……」と述べ、自己の作品の思想的統一性以外の何ものも眼中にないことを示している。最初の作品群「新しき春」を次のように把握したいと思う。まずプロローグである。

Prolog

In Gemäldegallerieen
Siehst du oft das Bild des Manns,
Der zum Kampfe wollte ziehen,
Wohlbewehrt mit Schild und Lanz.

Doch ihn necken Amoretten,

プロローグ

画廊で
君はその男の画像をよく目にする、
その男は楯と槍で武装して、
戦いの場に出て征《い》こうとしていた。

ところが彼にはキューピットらが絡み、

Rauben Lanze ihm und Schwert,
Binden ihn mit Blumenketten,
Wie er auch sich mürrisch wehrt.

So, in holden Hindernissen,
Wind' ich mich mit Lust und Leid,
Während Andre kämpfen müssen
In dem großen Kampf der Zeit.

槍や剣をうばい、
花の鎖で彼をからめるのだ、
どんなに不機嫌に彼が抗《あらが》っても。

このように、罪のない妨害のなかで、
僕は歓び苦しみ身をくねらす一方で、
他の人たちは時代のおおいなる
戦いの場に臨むにちがいない。

一八三一年に作詩された。ハイネはカール＝アウグスト＝ファルンハーゲン＝フォン＝エンゼ宛の書簡（一八二八年六月六日）に「一青年画家が僕を恐ろしい戦場に描き込んだことを知って以来、いつもほどによくは眠れません」と書いている。この画家はゴットリープ＝ガッセンである。ハイネの肖像画もミュンヘンでこの人が描いている。彼は、ミュンヘンの宮廷庭園のアーケードにフレスコ画『ケルンのゴーデスベルク城、一五八三年バイエルン人の手に陥落』の画面左上隅に、剣を持った戦士を模写している。ハイネは自分自身をこの戦士に見立てているが、このことがプロローグの内容と直接つながる。絵の中に描かれた勇士は、第一連で戦いの場に臨もうとしていた、と勇士の意思は過去形である。第三連において、ハイネは時代の大いなる戦いの場にほかの人々は臨むにちがいないのに、自分は愛にうつつをぬかしていると述べて、その必然性を現在形にしている。

三〇年代を通じて、ハイネには護民官としてと芸術家としてとの両方の使命の間の二律背反をテーマとした発言が数多く見られる。「ヘルゴラント便り」では、詩人の無為の楽しみから強引に連れ去るのは七月革命であった。女性の腕の中で日々の戦いからそらされている勇士のモチーフは、アナクレオン風の詩にまでさかのぼる、昔からのトポスである。勇士と愛の鑽仰者との対立は、また二種の詩作方法の二律背反とも解することが許されるであろうし、そのいずれにもこれからさらに私たちは触れることになる。

四四編の作品は、その展開の中で、まず肉欲的な自然な抒情詩の楽観的なバリエーションが、懐疑やイロニーの増大によって姿を消してゆき、第二十作品では、明確にその楽観的な語り口が疑問視され、第三十作品以降に示されるのは、冬(第三十一作品)、別れ(第三十九作品)、死の増大である。そして第四十四作品では、慰めなき晩秋の冷え冷えとしたパラフレーズとなる。それは詩人の最後の二冬にわたるハンブルク時代への自伝的省察のみでなく、七月革命以来追い越されてしまった抒情詩的ジャンルへの拒否をも表わしている。すなわち、初期抒情詩の「叙情間奏曲」の反復と終了と見ることもできるわけである。

汎神論　『新詩集』の二番目の作品群「色とりどり」のサブ作品群「セラフィーヌ」七は解放の一つの道を指し示している。

Auf diesem Felsen bauen wir
Die Kirche von dem dritten,
Dem dritten neuen Testament;
Das Leid ist ausgelitten.

この岩のうえにわれらは
第三の新しい聖約のための、
第三の教会を建立する。
苦しみは耐え抜かれた。

Vernichtet ist das Zweyerley,
Das uns so lang bethöret;
Die dumme Leiberquälerey
Hat endlich aufgehöret.

われらをかくも長きにわたり魅了した
霊肉二元論は根絶された。
肉体の愚かしい痛めつけは
ついに止んだ。

Hörst du den Gott im finstern Meer?
Mit tausend Stimmen spricht er.
Und siehst du über unserm Haupt

暗黒の海に神の声がお前に聞こえるか？
その神は数知れぬ声で語りかけている。
われらの頭上の数知れぬ神の光

Die tausend Gotteslichter?

それがお前には見えるか？

Der heilge Gott der ist im Licht
Wie in den Finsternissen;
Und Gott ist alles was da ist;
Er ist in unsern Küssen.

聖なる神は光の中にも
闇の中にも存在している。
だから存在するもの一切が神だ。
われらの接吻の中にも存在する。

この四詩連の頌歌《しょうか》は、精神と物質の時を超えた対立を宗教的に、無神論的に克服したことを告知している。霊肉二元論は人間の感性を抑圧したことに責任を求められている。マタイ伝第一六章一八項「そこでわたしもあなたに言う。あなたはペテロである。そしてわたしはこの岩の上にわたしの教会を建てよう。黄泉《よみ》の力もそれに打ち勝つことはない」への直接的な当てこすりで、まったく正統的ではない第三の聖約に則《のっと》り、新しい教会が建てられ、新しい神の教え、新しい礼拝がなされる。その礼拝は最後の詩行で、愛のお勤めであることが判明する。

　宗教観と肉欲観のこのような混合は、同時代人によってもハイネの友人たちによっても、神への冒瀆《ぼうとく》として反発を受けた。新しい「教会」観、精神と肉体の対立の揚棄、汎神論的信仰告白は、初期社会主義の影響であろう。第三連の字句にはP・アンファンタンの定式「神ハ存在スルモノスベテノ中ニ存在スル」が引用されている。ハイネは、神は接吻にも、つまり愛の合一の場にもはっきりと現われるとしている。二元論と「肉体の痛めつけ」の克服が将来のこととしてではなく、すでになし遂げられたこととして前提されている。（現在形と現在完了形で）。その意味で「セラフィーヌ」七はプロローグ作品群の中心を占め、また頌歌の音調によって綱領的機能を持つので、作品群全体に見られる恋愛体系と緊張関係を形作っている。

恋愛体系の変化　以前は接吻に憧れていた語り手は、今や「気軽に」「やたら平気に」接吻をする（「オルターンス」一）。そして語り手の恋は以前と違って思い切って近づけないのである。たとえばこんな具合である（「ディアーナ」一）。

Diese schönen Gliedermassen
Kolossaler Weiblichkeit
Sind jetzt, ohne Widerstreit,
Meinen Wünschen überlassen.

（……）

巨大な女性の
この美しい手足が
いま僕の願望に委ねられて、
あらがいもしない。

（……）

Welcher Busen, Hals und Kehle !
(Höher seh' ich nicht genau.)
Eh' ich ihr mich anvertrau,
Gott empfehl' ich meine Seele.

なんという胸、うなじに喉元だろう！
（もっと上の方はよく見えない。）
彼女に身を委ねる前に、
ぼくの魂を神に委ねることにする。

新しい恋愛体系は、語り手がもはや門前払いを食う者にすぎないのではなくて、門前払いを食わせる者、捨てられた者のみでなく、捨てる者ですらあることにより、以前の体系と区別される。彼はもはやローレライの岩にぶつかって破滅もしなければ、すべての願いを満たすヴィーナスの山も捨てる（「タンホイザー」一、二、三）。謝肉祭のあとには灰の水曜日がやってくる。陶酔は終わり「そして醒《さ》め、あくびをしながら私たちは互いに見つめ合う」のである（「アンジェリーク」九）。また語り手は「好きな人の冷淡さに惹《ひ》かれる」のである（「クラリス」二）。

恋人たちは、セラフィーヌ、アンジェリーク、オルタンスそしてカタリーナのように、不実、偽り、蛇のような偽りと裏切りといった事柄を体現している。今や新しい苦悩があるとすれば、それは事後恋愛的になっている。肉体的にのみ満ち足りた恋愛が嫌悪感を生み出す。自虐的な苦悩から幻滅させられる苦悩への逆転である。典型的なのは先にちょっと触れたタンホイザーの運命である。

甘いワインと接吻で病気にされてしまい、今や彼は「苦しいこと」に焦がれる。やみくもに罰を受けたがり、すべての幸福感を逆転させつつ、彼はデモーニッシュな女ヴィーナスが与えることのできないものを求める。ヴィーナス山からローマに旅立った彼の「地獄の苦しみから、悪魔の手から」法王が救うはずのタンホイザーは、聖なる父の前で告解ではなく、異教の女神の肉体的な美しさと自己の愛の「力」へのながながとした賛歌を歌い始める。その結果、魅了されてしまったウルバンは、逆にタンホイザーの心を癒《いや》すために何もしてやることができなくなってしまう。

この詩は一八三六年に生まれたが、一八三四年一〇月以降にハイネが知り合ったC・E・ミラー（通称マチルド）とのどっぷり首までつかったラブストーリーが、騎士タンホイザーには重ね合わされている。ヴィーナス山に戻ったタンホイザーが彼女に語る「鼾《いびき》をかくドイツの現状」の描写には『ドイツ。冬物語』の先触れが見られる。エンゲルスやマルクスもこのイメージを引用している。

「色とりどり」の恋愛体系の全体を眺め渡すと、支配の二重道徳、すなわち肉欲的なものから解放された既婚婦人の役割と欲望の対象たる娼婦の役割に分裂することを許容している面があり、ハイネが以前「ぼくらはぼくらの女性たちに新しいシャツと新しい思想を着せなくてはだめだ」（『ドイツの宗教と哲学の歴史に寄せて』第二巻）というように偽善と罪悪感に論戦を挑んではいるものの、官能の解放要求は、男性の空想とごちゃまぜになっている。ここでの自由恋愛は、とりわけ解放された男性の自由恋愛であり、婦人たちは依然として「そのままの存在にすぎない」のである。

「時事詩」

『歌の本』にはただの一つの作品しか見られなかった「時事詩」と呼ばれる詩作品が八〇編ほどある。ハイネは別に正確な定義を下しているわけではないが、『新詩集』の「時事詩」作品群に入れられている二四編の作品には、政治的な時代関連があまり見られない第五作品「黙秘」、第八作品「退化」、第十一作品「ハンブルクの新イスラエル病院」とか、アイロニカルでない第二十四作品「夜想」などを含んでいる。第一作品「綱領」と第十三作品「傾向」は、この時事詩という作品群の機能上および美学上の考え方を規定している。「綱領」をみてみよう。

Schlage die Trommel und fürchte dich nicht
Und küsse die Marketenderinn!
Das ist die ganze Wissenschaft,
Das ist der Bücher tiefster Sinn.

太鼓を打って恐れるな
酒保の女将にキスをしろ！
これが学問のすべて、
これが書物の最奥義だ。

Trommle die Leute aus dem Schlaf,
Trommle Reveilje mit Jugendkraft,
Marschire trommelnd immer voran,

人々を眠りから太鼓で覚ませ、
若々しい力で起床の合図を叩け、
太鼓を打ってどんどん行進だ、

Das ist die ganze Wissenschaft.
これが学問のすべてだ。

Das ist die Hegelsche Philosophie,
Das ist der Bücher tiefster Sinn!
Ich hab' sie begriffen, weil ich gescheidt,
Und weil ich ein guter Tambour bin.

これがヘーゲル哲学だ、
これが書物の最奥義だ！
分別があり、優れた鼓手なので、
ぼくはそれを理解したのだ。

このプロローグは、新しい抒情詩の戦闘的な考え方をはっきり浮き出させている。軍隊精神を直接的に示すのは「太鼓を打ってどんどん行進だ」の詩句である。命令口調と反復がやはりその精神を強めている。詩人は時代の先頭に身を置き、革命思想が政治的行為へと移行する準備を手助けすることになる。以前、「哲学文書」がそのことを示したように、これがヘーゲル哲学の核心であり、それが「綱領」であって、この詩がこの点をわかりやすくしている。第二十三作品「しばし待て」も同じことを告知している。この詩では、語り手の稲妻へばかりでなく、「雷鳴」と「雷鳴の言葉」への才能を強調している（思想と行為の弁証法）。

「時事詩」作品群の中で、笑い飛ばし戦略の犠牲になるのは、前三月期の反体制派の抒情詩人たちである。美的に凌駕《りょうが》した綱領に基づいて、「従順でキリスト教的ゲルマン的な」傾向詩人たちの無力と大雑把さが暴露される。ハイネの「時事詩」の持つ政治的突破力は、芸術面の仕上げにより生み出されている。ハイネのその定式は「芸術における最高のものとして、そこで通用するのは『自由の自覚』であり、その意識は決して素材によってではなく、形式を通じてはっきりと開示される」（『ルテーツィア』五五）というものである。

「安心のために」

二四編の作品すべてを紹介するわけにはいかないが、革命に不向きなドイツの精神的素質をあてこする第二十作品はやはり注目したい作品である。

挑発的、衝撃的な像である暴君殺害者ブルータスを用いている。この詩はアイロニカルな偽装と目をむくようなコントラストによって、ドイツ的惰眠《だみん》を荘重な複数用法「われわれ」で、民衆の声となって宣伝している。反ローマ帝政の役割フィクションによって、こんどはドイツの民衆自身が諷刺される。第三連を引用する。

Wir sind Germanen, gemütlich und brav,
Wir schlafen gesunden Pflanzenschlaf,
Und wenn wir erwachen pflegt uns zu dürsten,
Doch nicht nach dem Blute unserer Fürsten.

われわれはゲルマン人だから、おだやかで勇敢だ、
われわれは健康な植物の睡眠を摂《と》り、
目を覚ますとわれわれは喉がかわくのが常だが、
われわれの王の血をもとめるようなことはしない。

「われわれ」の無碍《むげ》性を証明するために、「われわれ」は煙草をふかし、「樫《かし》の樹のように忠実」だし、何よりも忠誠を誓った臣民なのである（「われわれの君主のことをわれわれは父上様と呼び、その国を祖国 Vaterland と呼び、所有権は君主のもの」）。けれどもそれだけでは十分でなく、大胆な対照的滑稽法を使い、諷刺が最終的に「われわれ」の心優しさの運命を固める。ローマ人たちが「暴君殺し」であったのに対し、「われわれ」は特別な流儀の人殺しだという。暴飲暴食することをさす。「団子」「胡椒ケーキ」そして「ソーセージ付き酢漬けキャベツ」の愛好者であるから。道徳的なものを肉体的、飲食的なものに変換することで生ずる滑稽さである。君主を安心させるために韻が踏まれる。ドイツ的偉大さ（Größe/Klöße=偉大さ／団子）とか最後の詩行では、敬虔でドイツ的な（Kinderstube/römische Mördergrube=子供部屋／ローマ人の殺人者巣窟）あるいはその前の連では、君主がソーセージと引っかけられる（Fürsten/Würsten）。いずれにしても、時事詩の卓

越性は、その形式的構造（暗号化、偽装、異化、役割フィクション）が、いかにうまく読者によって受け止められやすくするかによって決まるのである。

帰郷のこと

初めにもハイネの創作活動にとって重要なキーワードであることを指摘しておいたが、ハイネのドイツ・プロジェクトは三〇年代のいわゆるドイツについての文書、たとえば『ドイツ近代文学の歴史のために』や『ドイツの宗教と哲学の歴史に寄せて』などに典型的に現われている。それはほとんどすべての作品の中を貫いているともいえるだろう。『新詩集』の詩作品群「色とりどり」のサブ作品群「異国の地で」もそうである。その三番目の作品は「ぼくにはかつてすばらしい祖国があった」の詩行で始まる二連である。

Ich hatte einst ein schönes Vaterland.
Der Eichenbaum
Wuchs dort so hoch, die Veilchen nickten sanft.
Es war ein Traum.

Das küßte mich auf deutsch, und sprach auf deutsch

(Man glaubt es kaum
Wie gut es klang) das Wort: ich liebe dich!
Es war ein Traum.

ぼくにはかつてすばらしい祖国があった。
そこでは樫の樹が
高々と生い茂って、菫《すみれ》がやさしく頷《うなず》いていた。
それは夢だった。

祖国はドイツ語でぼくに口づけをし、ドイツ語で話した
(「君を愛す！」という言葉がどんなにみごとに響いたか)
誰もほとんど信じがたいほどだ。
それは夢だった。

「時事詩」作品群の最後を飾る第二十四作品「夜想」もそうである。「夜　ドイツを思うとぼくは眠れなくなる。どうしても眼がふさがらず、熱い涙がながれる」と始まるこの作品はドイツへの郷

愁を異境の空の下に暮らす詩人がさまざまな思いをこめてうたう。まさに「帰郷」のバリエーションでもある。

タンホイザーがヴィーナスに語る「鼾をかくドイツ」のこともそうであった。いろいろなレベルで取り上げられるのできりがないが、もう一つだけ例示しよう。『ドイツ。冬物語』の終わりのほうに、ドイツ像が次のように描かれている。

Die Zukunft Deutschlands erblickst du hier,
Gleich wogenden Phantasmen,
Doch schaudre nicht, wenn aus dem Wust
Aufsteigen die Miasmen!

ドイツの未来をここに貴方はみつけますよ、
波うつ幻影のようになっています、
でもその混乱の中から瘴気《しょうき》が立ちのぼっても、
恐れてはなりません！

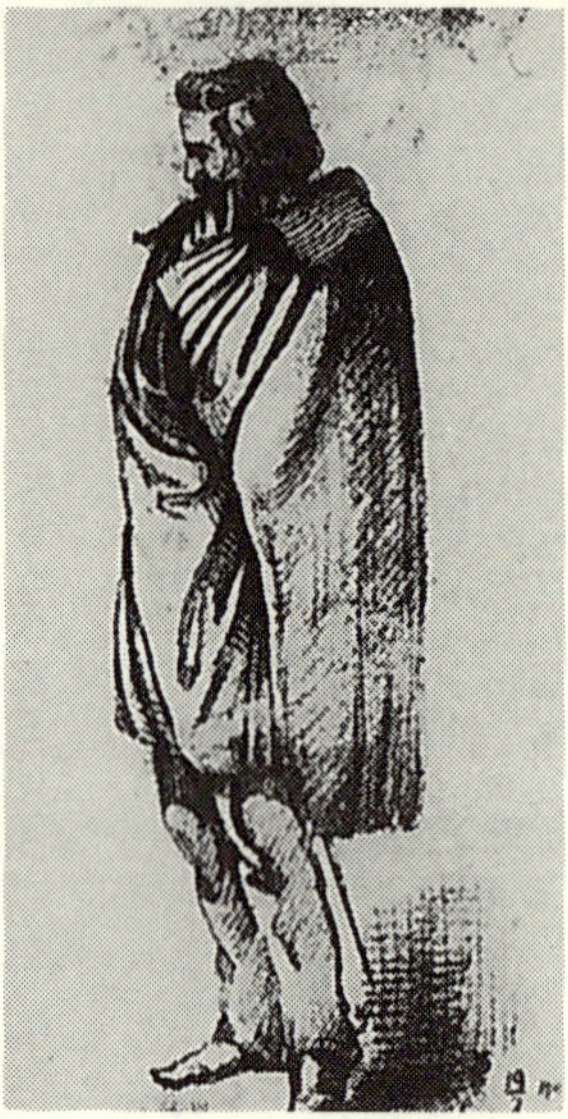

1847年のハイネ

未来像も含めて、ハイネはドイツの現状から行く末まで片時も目をそらしていなかったのである。

織物工の歌

フリードリヒ＝エンゲルス（一八二〇―一八九五）は一八四四年末にハイネの『貧しき織工』の詩を「ドイツ語の原詩で最強の詩の一つ」として、イギリスの空想的社会主義者の機関紙「新しいモラルの世界」誌二五号に紹介している。この詩は一年後に推敲《すいこう》の手が加えられ、「シレジアの織物工」として『新詩集』の時事詩の補遺に収められている。

この作品はきわめて強い直接的な告発の詩で、また団結を生み出している。したがってこの詩の受け取り手は、教養ある市民階級の読者ではなく、プロレタリアートの人たちだったであろう。この時事詩は他の時事詩より現代的である。同時代人たちを揺り動かした画期的な出来事に直接反応しているからである。完全に窮乏化した織物工たちが、一八四四年六月四日から六日にかけて、ブレスラウとプラハを結ぶ線の中間点のペータースヴァルダウとランゲンビーラウで起こした蜂起に関する新聞報道がハイネに作詩を促した。工場主や商人の家への襲撃が軍事的に鎮圧される際に、一一人の織物職人が殺され、数十人の人々が負傷（婦人や子供もいた）し、一〇〇人が逮捕された。

七月一〇日には「フォーアヴェルツ」誌に『貧しき織工たち』のハイネの詩が早くも掲載された。一八四七年の日付を持つ五行五連の全集補遺のこの詩作品は以下の通りである。

Die schlesischen Weber

Im düstern Auge keine Thräne,
Sie sitzen am Webstuhl und fletschen die Zähne:
Altdeutschland wir weben dein Leichentuch,
Wir weben hinein den dreyfachen Fluch —
Wir weben, wir weben!

Ein Fluch dem Gotte, zu dem wir gebeten,
In Winterkälte und Hungersnöthen;
Wir haben vergebens gehofft und geharrt,
Er hat uns geäfft und gefoppt und genarrt —
Wir weben, wir weben!

シレジアの織物職人

暗い眼に涙も浮かべず、
彼らは機台に向かい歯をむく。
旧いドイツよお前の経帷子《きょうかたびら》織るぞ
三重の呪いを織り込むぞ—
俺達は織るぞ、俺達は織るぞ！

一つの呪いは、冬の寒さ飢餓の
苦難の時に祈った神にだ。
望み待ちわびて駄目だった、
神は俺達を欺《あざむ》き馬鹿にした—
俺達は織るぞ、俺達は織るぞ！

Ein Fluch dem König, dem König der Reichen,
Den unser Elend nicht konnte erweichen,
Der den letzten Groschen von uns erpreßt,
Und uns wie Hunde erschießen läßt —
Wir weben, wir weben!
Ein Fluch dem falschen Vaterlande,
Wo nur gedeihen Schmach und Schande,
Wo jede Blume früh geknickt,
Und Fäulniß und Moder den Wurm erquickt —
Wir weben, wir weben!
Das Schiffchen fliegt, der Webstuhl kracht,
Wir weben emsig Tag und Nacht —
Altdeutschland, wir weben dein Leichentuch,
一つの呪いは邦々を束ねる王、
俺達の悲惨に心閉ざす王にだ、
最後の小銭まで俺達からゆすり、
俺達を犬のように撃殺させる王—
俺達は織るぞ、俺達は織るぞ！
一つの呪いは偽りの祖国にだ、
そこに生ずるのは汚辱ばかり、
花はどれも早々に手折《たお》られ、
腐敗や黴《かび》は蛆《うじ》を元気づけている—
俺達は織るぞ、俺達は織るぞ！
杼《ひ》は飛び、機台は軋《きし》む、
俺達は弛《たゆ》まず日夜織るぞ—
旧いドイツよお前の経帷子織るぞ、

Wir weben hinein den dreyfachen Fluch,
　三重の呪いを織り込むぞ、
Wir weben, wir weben!
　俺達は織るぞ、俺達は織るぞ！

この歌が感情に強力に訴える力は、その素朴で精巧な構造から生まれている。導入部の叙事的二行には、手応え十分に合唱の形で述べられる告発が続く。その告発は三重の呪いとなって、続く三つの連の中で論拠を示しつつ展開される。その際に一八一三年のプロイセンのスローガン「神と共に国王と祖国のために」は、すでに王党派のスローガンになってしまっていたので、祭壇と玉座の利害が人民と祖国の利害に衝突することによって、隠されていた反動的虚偽として次々と暴露される。第三連の「邦々を束ねる王」による税金の搾《しぼ》り取りおよび血の弾圧は直接暴動につながる。押韻された詩行の統語論上の対句法、第二連から第四連までの句頭反復、第一七行から一九行にかけての行頭反復、頭韻法（たとえば、falschen Vaterlandeのような）そして対照法（Reichen/Elend＝邦々と富者の両義/悲惨、König/Hunde＝王/犬たち）がこの詩の印象を強める配慮となっている。けれどもこの詩の扇動的な力は、怒りを抑えた単調なリズム「wir weben＝俺達は織るぞ」が、リフレインの形で五回、総計一五回も繰り返されることから発している。これは織ることの機械的な運動を模していて、同時に人間的なもののすべてを消し去ることを如実に表現している。職人たちは辛うじて単調な二語を自由にできるだけである。彼らは自分たちの行為だけに限定されている。そして、腰かけ、歯をむき出し、祈り、待ちわび、ばかにされ、ゆすられ、撃ち殺され、手折られ、飛び、軋む、といった動詞が一六個見られる。この空虚な労働の動きが今やそれだけいっそう強烈に経帷子という中心的メタファと対照をなす。これによって、この労働の生産物はとどめがたい革命の像へとふくれ上がる。「ドイツ」でなく「旧いドイツ」へと高まり、精緻化することにより、誰に呪いと憎しみが当てはまるのかを語っている。中断することのない否定から発する急進的な変革へのアピールは、方向と目標「もうひとつのあたらしいドイツ」を含むことになる。『フランスの状態』の中で諸国民、政党および大衆の歴史的役割を理解し、『ルテーツィア』において手工業者と労働者の社会的役割を理解したハイネは、一八四四年に、市民革命の四年前であるが、プロレタリア革命を告知している。ハイネは、旧い社会秩序の没落に働きかけるであろう革命的プロレタリアートとして織物職人のことを初めて考えている。死にゆく封建的国家体制のことを一八四四年にまず考察の対象にあげたのである。同時にこの作品の中で、ハイネは自分のほかの作品のいかなる場所にも見られぬほどに明確に、ようやく整備されることになった市民国家の真の敵対者に向かって、力いっぱい言葉と声をかけたのであった。

織物職人の歌は、ビラとなって急速にドイツ国内に広められたし、一二回近くも復刻された。この詩作品はただちに処罰の迫害を受けたが、それにもかかわらず、どんどん歌われ読まれた。この歌はまた、事実、たちまち、育ちつつあった労働者階級に迎えられ、労働運動に受け入れられた。

一八四七年七月一一日、ハンガリーの作家カール＝マリーア＝ケルトベニー（一八二四―一八八二）はロンドンからハイネ宛に次のように手紙を寄こしている。「ドイツ人ロンドン西部コムニスト協会は毎週金曜日に、開会の祈りとしてあなたのシレジアの織物職人の歌を読んでいます」。同じ年にアレクサンドル＝ヴェユ（一八一一―一八九九）は「平和な民主主義国」誌にこの詩を注つきの翻訳で公表したが、その中で、Cette chanson est devenue la Marseillaise des ouvriers allemands.「コノ歌ハ、ドイツノ労働者達ノマルセイエーズトナッテイル」と思い切った発言をしている。

五　ドイツへの旅と『冬物語』

ドイツへの旅と故国への思い　一八四三年一〇月二一日から一二月一六日までのドイツ旅行は、ハイネが一八三一年にドイツを去って以来初めてのものであった。一八四四年にもふたたび七月一九日から一〇月一六日まで、妻のマチルドを伴って船旅でドイツに向かい、ハンブルクに滞在した。家族との再会、カンペとの交渉に当たった。一回目の旅行の文学的成果が、叙事詩『ドイツ。冬物語』である。検閲上の理由から、この作品は一八四四年にまず『新詩集』とあわせて一巻として刊行されたが、カール＝マルクスの指示に基づき、いわゆる第二稿本であるが、パリの「フォーアヴェルツ」誌が完全な形でこの作品を翻刻した。

ドイツの小都会の俗物的息苦しさから一息つくために飛び出した『ハルツ紀行』の散文作家は、『冬物語』の中では郷愁の思いに駆られる詩人に変貌している。ハイネは母に再会し、故郷の空気で「健康を取り戻す」ために亡命地パリを飛び出したのであるが、そうしてみるとたちまち息が詰まりそうになる。一八四四年に祖国の泥濘《でいねい》、汚物、排泄物は、前進できないくらいに増大していた。もはや何も生動せず、発展と変革への希望はもう芽吹こうとしていない。ドイツの現実との最初の接触が見せつけるのは、何も変わっていないということである。もの哀しい気分で故郷に向かう私という語り手が、国境で出会うのは可憐な「琴をひく乙女」である。

Sie sang das alte Entsagungslied,Das Eyapopeya vom Himmel,
　Womit man einlullet, wenn es greint,
　Das Volk, den großen Lümmel.

彼女は古めかしい諦めの歌をうたった、
天国の子守歌だ、
大の不作法者の民衆が、めそめそしたら、
眠り込ませる子守歌だ。

この歌のモラルに付いているイデオロギー的機能をたちまち見抜いた帰郷者は、対抗歌で応ずる。『冬物語』の序曲である。「諦めの歌」へのアンチテーゼの形で帰郷者は頌歌の音調で、現在の急務である人間一般の解放を告知する。

Ein neues Lied, ein besseres Lied,
O Freunde, will ich Euch dichten!
Wir wollen hier auf Erden schon
Das Himmelreich errichten.

新しい歌、もっとよい歌をぼくは、
友らよ、君たちのために創るつもりだ！
さあこの地上にきっと
天国をうちたてよう。

抑圧されたドイツの民衆を代弁する琴ひきの乙女が称える地上の禁欲に、完全に対立して「新しい歌」は地上の幸福と美を約束する。「働き者の手が獲得したものを／怠け者の腹に飽食させてはならない」はもちろん搾取の終わりを意味し、「下界にはすべての人の子のために／十分なパンができるのだ」が約束しているのは、社会的および物質的窮乏の終わりである。「パンもミルクも、美も快楽も／甘エンドウもそのとおり」が約束しているのは、個人の苦悩の終わりである。「贖罪《しょくざい》歌は終わり／弔鐘は沈黙する」は社会的生活と個人生活の全領域を包括するこの予言の遂行がすぐそこまできていることを告げている。全面的な解放は、結局「処女オイローパ」と「美しき自由の守護神」とのアレゴリー風の婚約によって祝福される。この結婚は、自由なエロスにより、また「聖職者の祝福」なしに行われることがはっきりしている。

　これは、サン＝シモン主義の影響のもとで発展せしめられた社会革命綱領が詩的に加工された政治宣言といえる。「物質の復権」と「新しい歌」は二つとも官能的に充足された生活というユートピアの中へ流入する。『ドイツの宗教と哲学の歴史に寄せて』第二巻で次のように述べていた。

サン＝ジュストが述べたあの革命の偉大な標語――パンは人民の権利――というのは、われわれ汎神論者から言えば、――パンは人間である神の権利である――ということになる。われわれは人民の人権のために戦うのではなくて、神としての人間の権利のために戦う。……われわれは幸福な神々の民主主義国家を建設しようとするのだ。……われわれドイツ人は神の飲む酒、神の食物、緋のマント、尊い香料、肉の歓び……などを求めているのだ。……私はシェイクスピアの戯曲の中のある道化の言葉を借りて答えよう。――おぬしは自分の行いがまっすぐだからというので、この世に美味い菓子やぶどう酒がないと思うとるのか？――」

『冬物語』の構成

ハイネの詩集の作品群構成法に共通するのであるが、『冬物語』の全体に占めるその位置により、第一章はプロローグの機能と綱領的機能を当然示している。『冬物語』はドイツ・イデオロギーの批判に貢献している。帰郷者の体験と省察のすべては危険な権力へと成長していくプロイセンでまかり通るナショナリズム、保守主義および政治的ロマン主義との対決を示している。第二章と第三章で語り手は、たちまち税関、検閲、軍隊という形でプロイセン、プロイセン魂、ドイツと対決させられる。プロイセンとのアイロニカルで諷刺的な対決がこの叙事詩全編を貫いているので、プロイセンの紋章の鷲「黒いはばたくいやな奴」から語り手は逃れられない。「聖都ケルン」（第四章）は聖職者の反啓蒙主義の牙城として現われる。一八四二年以来、プロイセンの後押しで国民的なシンボルにまで昇格した聖堂建設の中に、語り手はその後の精神の監督の道具（精神のバスティーユ）しか識別していない。「父なるライン」（第五章）との出会いは、ドイツ最近のナショナリズムという別の象徴とのその後の対決を促す。アルミニウスの章（第十一章）は、ドイツ人たちのコスモポリタン的な理想からの運命的な方向転換を語り聞かせる機会になっている（「ドイツ民族がこの泥沼で勝ったのだ」）。ウィーン会議以来、民族的な希望のすべてが向けられていた人物形象、赤髭王（第十四から十七章）と語り手は決定的に対決する。ハイネはこの形象と民衆の伝統の中に生き続けている根源的な表象、すなわち統一と正義の表象を結びつける。このユートピア的願望を『冬物語』は否定していない。プロイセンの政治神話としての赤髭王伝説は否定するのである。

母とハンブルクで再会するという私的な旅行目的を通じ、語り手はついにハンザ都市の市民の形でドイツの現在に出会う。娼婦と見誤るばかりのハンブルクの守護神ハンモニアと語り手は出会うが（第二十三章）、その居室についていく。ハンモニアの形象の中に帰郷者が見て取ったのは、ビーダーマイヤー風の保守主義と静観主義である。たとえば、彼女は古臭い文学に熱中し、検閲も抑圧もまったく苦にしない。奴隷の境遇からは自殺によって逃れられるとか、本を出版しようとする者だけが検閲を受けるのだ、という具合である。ハイネ独自の操作によって、ハンモニアが帰郷者と結婚したいと言い出し、そのやりとりは、この叙事詩の諷刺の頂点を形作るが、きわめて不躾《ぶしつけ》な光景が現出する。カール大帝の即位の椅子が椅子式便器となり、その便器の「瘴気」の中に、見たものを口外しない約束で、ハンモニアは語り手にドイツの未来を見せる。彼もたしかに口外しないが、ドイツの過去と現在の臭気「古キャベツと特殊な香りのロシア革を混ぜたような匂い」(プロイセンとロシアの神聖同盟を象徴する)は、「三六の肥溜《こえだ》めの排泄物」によって、二の句もつげない、気が遠くなるほどに濃縮される。

Doch dieser deutsche Zukunftsduft　たしかにこのドイツの未来の香りは
Mocht alles übertragen　ぼくの鼻がこれまで感じた中で
Was meine Nase je geahnt —　一番のものだったろう—
Ich konnte es nicht länger ertragen —　もう我慢できなかった—

臭気は支配的な宗教の聖なる神の亡霊からも、卑屈なドイツの知識人たちからも立ち昇っている。ドイツ批判には悲観主義がまといついているが、ハンモニアが聴いているグロテスクな結婚の音楽は、第一章の処女オイローパとの自由の未来への喜びに満ちた結婚をパロディー化している。愚者と権力の結びつきが理性に勝利する悲劇的なイメージである。第二十六章の結婚は、ドイツの現実に突き当たってグロテスクに挫折する。はさみを持った検閲官が登場し、ハンモニアの欲望の伴侶を去勢してしまうからである。この結婚は実りのないものにならざるをえない。

光輝ある孤立

『冬物語』は一八四四年の時点で、ハイネがその歴史的現実を正当に評価していない側面を含む。たとえば、ドイツ市民階級の発展の可能性について、死にゆく封建体制を引きずり、展望なく一つの発展段階上に存在しているとはとらえていない。また関税同盟の役割をプロイセン主導の政策の具としか見ていない。ドイツ市民階級の発展の可能性について信じていないということともかかわるのだが、第十二章のドイツの革命家たち（「狼諸君」）とハイネの立場との関係は、反対感情並立的である。語り手の革命的な立場が結びつくはずの現実の政党あるいは勢力が存在しなかったからなのであろうが、語り手は「ぼくは羊でも犬でも」なく心も歯も狼であると述べながら、

Ich bin ein Wolf und werde stets
Auch heulen mit den Wölfen —

ぼくは狼ですし　いつも
狼諸君と一緒に吠えるつもりです—

Ja, zählt auf mich und helft Euch selbst,Dann wird auch Gott Euch helfen!
勿論、ぼくを信じ自助努力したまえ、そうしたら神も諸君を助けるでしょう！

というように、一義的ではない。だから好奇心の強い母親も、息子からはっきりした返答を引き出すことができないのである。第二十章で、「おまえは得心して／どの政党に属しているの？」と尋ねても回答をはぐらかしてしまう。

Die Apfelsinen, lieb Mütterlein,　このオレンジは、お母さん、
Sind gut, und mit wahrem Vergnügen　おいしいですね、
Verschlucke ich den süßen Saft　果汁がほんとうに甘いですよ
Und ich lasse die Schaalen liegen.　皮を置いておきますよ。

G・ルカーチのハイネ評価もこの部分にかかわっている。「この詩人は根本信条へは一貫して忠実であり続けた。プロレタリアートの歴史的使命と歴史的役割に対して抜きんでた高い理解を持っている。そして光輝ある孤立を保った」。

理論と実践

序章と終章の枠構成の中で、ケルン（第四章～第七章）、赤髭王（第十四章～第十七章）、そしてハンブルク（第二十章～第二十六章）の三つが頂点を形作っている。詩の音調は、頌歌調―諷刺調―パトス調―饒舌《じょうぜつ》調―道化グロテスク調―パトス調と転じていく。ここではケルンのうち、第六章と第七章に絞って考察を加えておく。

行為は思想に続いてやってくるということは、作家の政治参加に関するハイネの確固とした見解の一つである。第六章に登場するリクトルは詩人に影のごとく付き従うのであるが、詩人に問われて、次のように自己を紹介する。

Ich bin von praktischer Natur,
Und immer schweigsam und ruhig.
Doch wisse: was du ersonnen im Geist',
Das führ' ich aus, das thu' ich.

私は生まれつき実務的です、
それにいつも寡黙で落ちついています。
でもいいですか。あなたの考えたこと、
それを私は実行します。

Und gehn auch Jahre drüber hin,
Ich raste nicht bis ich verwandle
In Wirklichkeit was du gedacht;

そして何年かかっても、
あなたが考えたことを
実現するまで休みません。

Du denkst, und ich, ich handle.
Du bist der Richter, der Büttel bin ich,
Und mit dem Gehorsam des Knechtes
Vollstreck' ich das Urtheil, das du gefällt,
Und sey, es ein ungerechtes.

あなたが考え、私が行動するのです。
あなたは判事、私は刑吏です、
兵隊の従順さで
あなたの心に適《かな》った判決を、
それが間違っていても実行します。

この理論と実践あるいは思想と行為の関係について、ハイネが初めて踏み込んだ具体的なモチーフを示したのは一二年前の『フランスの状態』序文においてであったことはすでに触れた。この理論と実践の関係について考察を進める場合に、ヘーゲルのハイネへの影響を抜きに語ることはできない。当時の絶対主義的ドイツの状況に関連して、哲学的理論の実践的、批判的、挑発的エレメントが「現実的なるものは理性的である」という命題に内在する。『法の哲学』の序文には含蓄ある規定が見られる。「思惟（理論的態度）と意志（実践的態度）は区別を設けることができない……意志は思惟の特別な仕方である。自己に存在を与える衝動である」とか、「理論的なるものは本質的に実践的なるものに含まれている。そのことは、両者が切り離されているという表象に反する。知性なしに意志を持つことはできないからである。逆に意志は理論的なるものを内に含んでいる。意志は自己決定をする。この決定はまず内的なものである。私が意志するものを私は思い描く。つまりそれは私にとっての対象である」。

詩人の理念もリクトルとは独立に理念の直接的現実化に肉薄する。リクトルにとって政治的行動への歴史的時点が到来した場合にのみ実践的効果がもたらされる。たとえば、一八四四年という歴史的時点は社会的貧困に起因する困難な状況によって示されていた。この衝撃は理性の側からも政治的変革を求める。こうして詩人は理論家として、実践に対して哲学者と同様に挑発的に働きかける位置を占める。

第六章と第七章にリクトルを導入することによって、ラディカルな時代批評が強められたこと、叙事詩の一貫した筆致を獲得したこと、ケルンとハンブルクにより大きな重点が置かれたことなどは、おそらくマルクスに触発されての概念変更であったであろう。

第七章で、語り手は夜の夢の中でリクトルに付き添われながらへとへとになってケルンの街を徘《はい》徊《かい》する。パクリと切り開かれた心臓から血のしずくが盛り上がる。この血を二、三軒の家の敷居に塗り、そのたびごとに弔鐘を耳にする。出エジプト記第十二章七項と一三項とは内容が逆である。この象徴的な身振りは断罪のようである。ケルンの大聖堂で、語り手はリクトルに合図をしてから立ち去るのだが、語り手の切り開かれた心臓からは血がほとばしり、リクトルは斧で、三聖王の「迷信の骸骨」を打ち砕く。語り手はその驚愕《きょうがく》のあまり夢から飛び起きる。

ハイネと若きマルクス

一八四三年一二月の後半に、ハイネがハンブルクから帰った直後に、哲学的教養を身につけた詩人と文学的関心を抱く哲学者が急速に交友の絆を堅く結んだ。マルクスの娘のエレアノーアが語る思い出の中で描かれるハイネは、「両親に自作の詩を朗読して若い人々の判断を取り入れるために、明けても暮れてもマルクス家に立ち寄る時期」があったようである。マルクスはパリでの『冬物語』出版の世話をし、その年の暮れには窮迫のハイネに公然と援助の手を差し伸べていた。プロイセン政府とパリの政府が共同演出したマルクス出国の旅の日、一八四五年二月一日に、ハイネ宛の手紙に「当地の人々に私が残してゆくものの中で、私にはハイネにまつわって残してゆくものがいちばん辛いです。できることなら、あなたを一緒に荷造りして連れてゆきたい」と書いている。二人の政治的結合はマルクスの旅立ちで発展しないままになる。ハイネの手文庫にはマルクスとエンゲルスによる『聖家族』が保存されているのであるが、最初の四〇ページしかハイネは読んでいない。その後一八四八年三月と一八四九年夏に何度か再会しているが、その後は双方の高い評価による挨拶のコンタクトに終始していた。

四六歳の有名な詩人ハインリヒ＝ハイネと二五歳のジャーナリストのカール＝マルクスがパリの亡命地で出会ったとき、一方の理論的発展は完結していたが、他方の理論的発展は根本的変革の最中であった。パリでマルクスは経済哲学草稿に取り組んだのであるが、この草稿によって彼は初めて歴史と社会の革命的学説の諸原理を樹立したのであった。ヘーゲル左派の思想との決裂に至るのは、『聖家族』（一八四五年）ならびに『フォイエルバッハに関するテーゼ』（一八四五－四六年）であった。マルクスがまだ「マルキスト」でなかった間に、ハイネは少なくともマルクス主義の三つの源泉のうちの二つは解明している。ドイツ哲学の世界史的役割とフランス社会主義である。二人の人生はまったく異なった軌道を走ったにもかかわらず、一八五四年になおハイネは同胞の中で「もっとも断固として才気煥発《かんぱつ》の人」「マルクス博士」を覚えているように、『資本論』の著者は一八六七年になおわが「友ハインリヒ＝ハイネ」の「勇気」を想起している。この二人の思想家のこのうえない親和性を『ヘーゲル法哲学批判序論』に見て取ることができる。宗教批判（民衆の阿片）、全般的な解放を伴う社会革命への固執、「解放の頭脳は哲学、心臓はプロレタリアート」の後半部分でマルクスはハイネを超える。マルクスはあとで訂正するが、ハイネは市民革命の段階は飛び越えられるという希望を抱いたままに終わった。

マルクスと妻のジェニー

六　晩年のハイネ（一八四八―一八五六）

晩年のようす　一八四四年一二月、叔父のザロモン＝ハイネが死去した。相続人である甥《おい》のカールやその他の親族との間に激しい遺産相続争いが生じ、ハイネにも自分の年金のこと、妻マチルドの扶養のことなど私的な心配事が降りかかってきた。これはカールが一八四七年パリに来て年金については合意が成立して落着するが、一八四五年ごろからハイネの健康状態が急速に悪化し、四六年にはドイツの諸新聞がハイネの訃報を広め、親しいラウベさえハイネ追悼の文を草する一幕があった。身体の半分に麻痺症状が進行し、一八四八年五月中旬のルーヴル美術館訪問がハイネ最後の外出となる。いわゆる褥《しとね》の墓穴の始まりである。一八五一年カンペがパリにハイネを訪れ、ハイネの三大抒情詩の三番目の詩集『ロマンツェーロ』刊行の契約を交わす。その年この詩集はカンペ書店から刊行されるが、一一月までに二万部以上で四版を数える（ハイネ死去に際して、未公刊の詩作品などほぼ六三編に相当するものが見つかるが、それらには動物寓話、身辺描写――病気、死、愛……――、少数の宗教的テーマのものが含まれる。これらは『一八五三／五四年詩集』として死後出版される）。

一八五四年に終《つい》の住処《すみか》となるマティニヨン並木通り三番地に転居する。これはルーヴルから凱旋《がいせん》門《もん》に至る今のシャンゼリゼ通りの中間右手に位置し、建物の玄関には、かつてここに詩人アンリ＝ハイネが住んでいたことを示すレリーフが掲げられている。一八五五年六月、瀕死《ひんし》の詩人の枕頭にエリーゼ＝クリニッツという（ハイネはムーシュ＝蝿《はえ》と呼ぶ）女性が現われ、しばし詩人と心の交流を持つ。妹シャルロッテ、弟グスターフも一一月から一二月にかけて一ヵ月間ほどパリにやってくる。弟は一〇日ほどで一足先にウィーンへ帰ってしまうが、彼女はこのときの様子を息子のルートヴィヒに伝えている。この手紙には、「茶色の巻き毛に縁取られた顔から、団子鼻の上にいたずらっぽい目がのぞいている」、二八歳も自分より年下の若いムーシュを描くシャルロッテの筆使いは温かい共感に満ちている。ハイネの妻のマチルドはムーシュが入ってくるとぷいと出ていってしまうようなことがあったのであるが、そんな女同士のさや当ても描かれている。

終の住処となった建物の入口

　あるときフランスの抒情詩人ベランジェ（一七八〇―一八五七）がハイネの病床を訪れる。たまたまハイネのかたわらにいたシャルロッテをベランジェがムーシュと取り違えてしまうと、ハイネは、“Cher ami, sie (Sie) haben wohl mouche volante” と言って、妹を紹介している。ハイネにはまだまだ言葉遊びを楽しむ余裕があったようである。mouches volantes（飛蚊症）と複数形でいうべきところを mouche＝蝿に引っかけて「目が霞んでよく見

ハイネの妹のシャルロッテ

えないようですな」と言っているわけである。

年が変わって二月一七日午前五時、ハインリヒ＝ハイネは五九歳の生涯を閉じる。死後二、三年してようやく、自己の作家生活を締めくくる掉尾《とうび》として、熱望していた全集がホフマン・ウント・カンペ書店から、アードルフ＝シュトロットマン（一八二九―一八七九）の手で刊行された。没後出版の『回想録』には、幼年期、家族、学童期の思い出が含まれているが、彼の晩年の作品『ロマンツェーロ』や『告白』は人間主義に裏打ちされた、先見の明ある詩人の生涯への一瞥《いちべつ》を与えている。

『ロマンツェーロ』の誕生と当時の政治状況

ここでは『ロマンツェーロ』を手がかりにして、晩年のハイネに考察を加えてみたいと思う。

『ロマンツェーロ』は第一巻「歴史物語詩」、第二巻「哀歌」、第三巻「ヘブライの旋律」の三つに大きくまとめられている。この作品の基調音は苦悩、つまり英雄たちや犠牲者たちの苦悩である。この詩の語りのおもむくところ、たとえば、世界史、個人史あるいは諸国民史において、至るところで上昇、下降、没落の関連が還流している。『ロマンツェーロ』の中心的モチーフが第一巻の「ヴァルキューレ＝戦いの女神」の中で「英雄の血あえなく流れ／勝利を得るは卑しき者ども」と告げられる。続く作品「ヘイスティングズの戦場」では、ノルマンのイギリス征服の過程で、ハロルド王が最期を遂げるが、

Gefallen ist der bessre Mann,
Es siegte der Bankert, der schlechte,
Gewappnete Diebe vertheilen das Land
Und machen den Freyling zum Knechte.

戦死したのは優れたお方、
勝ったのは不義の子、劣悪な、
武装した盗賊どもが国を分割し
自由民を隷属させております。

ハイネの墓
(パリ・モンマルトル墓地)

とそのモチーフを具体化している。こうした英雄や犠牲者の苦悩の語りの根底に、ハイネが当時どのように歴史状況を把握していたか、確かめる必要がある。

一八四七年にプロイセン王が招集した連合議会は、憲法を要求するブルジョアジーと、新税や公債といった新たな経済要求を出してきた王やユンカーとの対立

によって、ドイツがブルジョア革命の前夜に至っていることを明らかにした。正義者同盟は一八四七年六月にロンドンで共産主義者同盟へ展開した。パリの二月革命が合図となって、ドイツでも蜂起は南ドイツのバーデン、ヘッセン、ヴュルテムベルク、ミュンヘン、そしてウィーン、プロイセンのお膝元ベルリンへと波及した。三月一九日にはプロイセン正規軍がベルリンから撤退する状況となった。この市街戦で市民一八三人が斃れた。プロイセン王と貴族が一敗地にまみれ、フランクフルト国民議会が招集されたとき、さまざまな階級がかかえるドイツ問題をめぐる政治構想が一挙に噴き出した。大土地所有者とユンカーは民族的統一を敵視し、ブルジョアジーは立憲君主政体による（南は大ドイツ主義、北は小ドイツ主義によりつつ）民族的統一を望んだ。小ブルジョア民主主義者たちは連邦共和国による統一を望み、手工業者や自家営業者たちは統一に反対し、群小国家の恒久化を望んだのである。コミュニストたちは一七項目の要求を掲げ、その第一にこの問題を、「ドイツ全体は統一されて分割されぬ共和国」とした。

一八四八年六月一日に「新ライン新聞」が創刊され、フランクフルト国民議会について、次のような記事が掲載された。「一四日前からドイツは憲法制定国民議会を保有している。ドイツ全人民の選出に基づくものである。ドイツの民衆はこの国の大小ほとんどすべての都市の街頭で、特にウィーンとベルリンのバリケード上で、その主権を獲得した」。しかし、この選出された代議士五八九名の構成を見ると、政府の役人、法律関係の役人、学者、弁護士、土地所有者が全体の九〇パーセント近くを占め、プロイセンの議員は国民議会の議員を兼務し、労働者や小規模農民はただの一人も含まれていなかった。「新ライン新聞」の掲げた四八–四九年革命の課題（民主共和国の実現、大土地所有者の政治経済的権力の除去、民族自決権に基づく各国民の自由）は画餅《がべい》に終わらざるをえなかった。国民議会は人民軍を創設せず、さまざまな問題で人民主権を裏切り、革命の初期の勝利と機運の展開は、反革命側の時間稼ぎを有効に阻止できず、反革命側の巻き返しの中で、やむなく一八四九年五月の帝国憲法戦役へ向けて、人民は独自の軍隊組織を作り、各地で武装蜂起し、二八の領邦国家の政府が帝国憲法を承認しなければならない状況を勝ち取った。特にバーデンの革命は五月から七月二三日（ラスタット要塞《ようさい》が陥落する）まで持ちこたえた。「新ライン新聞」の赤刷り最終号（五月一九日）以後、たとえば、ゲオルク＝ヴェールト（一八二二―一八五六）はその筆を折り、その後いっさい文筆活動をやめてしまい、やがて商人として南米へ旅立つ。運動が南ドイツやハンガリーで最終的に抑え込まれ、ロシア皇帝軍がハンガリーに進駐（七月）し、ブダペスト占領（八月）、そしてハンガリー降伏という事態を迎える。

『ロマンツェーロ』に込められたハイネの思い

一年前のパリ街頭にこだましたドイツ人亡命者六〇〇〇人の、自由なる祖国を求める示威行動がまるでうそのような、ラインの彼方のドイツ国内の沈滞状況と反革命側の弾圧に、病み衰えた詩人の憤《いきどお》りは『ロマンツェーロ』「ラザロ」作品群一六「一八四九年一〇月」に鋭く表現されている。四行一五連の作品の一部を紹介する。

Gelegt hat sich der starke Wind,
Und wieder stille wird's daheime;
Germania, das große Kind,
Erfreut sich wieder seiner Weihnachtsbäume.

強い風はおさまり、
また故国は静かになっている。
大きな子供のゲルマーニアはまた、
自分のクリスマスを喜んでいる。

大いなる可能性を秘めていたはずのドイツの民衆が身辺の雑事に唯々諾々としている。これは第一連であるが、「武器を手にした狂人に出会いはしなかったろうか」（第三連）と、粗暴残忍な弾圧の嵐を詩人は憂え、「自由の最後の砦」（第七連）ハンガリーの死を悔しがり、「ハンガリーの名を耳にすると、ラッパの音に迎えられる気がする」（第九連）と詩人の志向が明らかにされ、最後の三連で詩人の現況が描かれる。

Und diesmal hat der Ochse gar
Mit Bären einen Bund geschlossen —
Du fällst; doch tröste dich, Magyar,

Wir Andre haben schlimm're Schmach genossen.

Anständ'ge Bestien sind es doch,
Die ganz honnet dich überwunden;
Doch wir gerathen in das Joch
Von Wölfen, Schweinen und gemeinen Hunden.

Das heult und bellt und grunzt — ich kann
Ertragen kaum den Duft der Sieger.
Doch still, Poet, das greift dich an —
Du bist so krank und schweigen wäre klüger.

今度は雄牛が熊と
同盟を結んでしまった—
君は敗れた。でも甘んじ給えマジャール人よ、
僕らはもっとひどい恥辱を受けた。

君を紳士的に打ち負かしたのは、
醜くない獣たちだ。
でも僕らは狼や豚や下劣な犬の
軛《くびき》にかけられている。

これが唸《うな》り吠えぶうぶう鳴く――
この勝利者の臭いがたまらない。
でも詩人よ、静かに、身体に障る――
君は病気だし沈黙が賢明だろう。

雄牛はオーストリアで、熊はロシアである。マジャール人はハンガリー人である。獣は一般的な比喩として用いられている。

第一巻では、古代エジプト（「ランプセニート」）から中世ペルシャをへてメキシコ（「フィッツリプッツリ」）に至るまで、近世の入口まで達している。場合によっては近世のイギリスとフランスから、ハイネの時代のパリまで至っている。その際、インド、アラビア、パレスチナ、スペインとラインラントが挿入され、至るところで暴力、裏切りと犯罪の文脈、闘争、失墜、死の文脈が見出される。王の崩壊と神々の黄昏《たそがれ》のイメージが並べられ、ヨーロッパ、小アジアあるいはメキシコの王たちが自分の血の中に沈むかあるいは沈んでゆくことになる。王たちが殺人を犯させ（「スペインのアトレウス家」）、あるいは殺人へとけしかけるか（「ダビデ王」）、欺《あざむ》く（「詩人フィルダウシー」）。神々が亡命地を放浪しながら詐欺《さぎ》を働き合う（「アポロの神」）、あるいは神々が亡命する（「フィッツリプッツリ」）。

語り手が自己の人生の破片の山を振り返る第二巻では、「ラザロ」作品群が中心を占めている。その一つは先ほど触れたが、あとプロローグとエピローグ、それに「遺言状」を取り上げる。

突飛なプロローグであるが、この詩に利用されているのは、四福音書のほぼ同内容のマタイ、マルコ、ルカの言葉である。ハイネはこれを貧富の問題に利用している。聖書の字句が解放の根拠になりうる二面性を備えていることを、ハイネは自らの詩を通じて物語っているといえるだろう。四行二詩連である。

Weltlauf

Hat man viel, so wird man bald

世のならい

たくさんもっていれば、すぐに

Noch viel mehr dazu bekommen.
Wer nur wenig hat, dem wird
Auch das Wenige genommen.
Wenn du aber gar nichts hast,
Ach, so lasse dich begraben —
Denn ein Recht zum Leben, Lump,
Haben nur die etwas haben.
もっと多くそれに加わるだろう。
ほとんど持たぬ者は、
その僅かも取られてしまう。
だがお前が何も持たぬなら、
ああ、埋葬してもらうのだな—
生きる権利を持つのは、ごろつきよ、
なにか持っている者だけだ。

福音書の文脈からいえば、言葉（神の）を聞いて悟った者には豊かな実が結ぶが、見て見ず、聞いて聞こえぬ悟らぬ者には実は結ばず、まかれた種子は奪い取られてゆく、というものである。一九の「遺言状」では、語り手は「私の敵に」あらゆる悪疾病毒を形見に残していく。「さあ、そろそろ僕の命もおしまいだ／遺言状も書いておこう／そのなかにキリスト教徒らしくわが敵どもにも形見を考慮しておくつもりだ」と言い、「疝痛《せんつう》」「痔疾《じしつ》」「小便詰まり」「痙攣《けいれん》」「だらだら涎《よだれ》」と「手足のしびれ」「背骨の溶出」をあげ、きれいさっぱり忘れてほしいという。エピローグはあとで扱うことにする。

第三巻は、手本とすべき個々の殉教者から手本とすべき歴史的な殉教の民へ移行し、ユダヤの民の苦しみの歴史とその代表者を語る。「ザバト姫」と「イェフーダ・ベン・ハーレヴィ」は慰めの歌でなく、苦しみの歌であり、その中では善に対する悪の勝利が、意味のなくなってしまった世界の中での意味なき苦しみとして表現されている。この世の敗者と亡命者、これは死と辱《はずかし》めに耐えねばならなかったスペイン・ユダヤの大いなる歌人たちである。彼らの運命とこの民の息子である『ロマンツェーロ』の詩人は、自己を同一視している。「新しい歌、もっとよい歌」を約束した『冬物語』の七年後に、『ロマンツェーロ』は悪の歌を歌い始めた。近代の歴史の全般的後退期に、この晩年の抒情詩は作品群という歴史のモデルのほうを目的論よりよしとしているようである。

けれども第一巻で、ハイネははっきりとその歴史的命脈の尽きた形象を示している。いつも眠っているおつむの弱い「シャム王」(「白象」)や首なし幽霊の「マリー＝アントワネット主従」、それから新しい時代の精神のそよぎを感じさせる悪漢を貴族に列せしめる「ベルゲンの悪漢」や泥棒を世継ぎにする「ランプセニート」などへのハイネの目配りである。

チャールズ一世、炭焼きの子、迷い番兵　破壊された希望、はじけてしまった幻想や暗い幻滅の嘆きの歌『ロマンツェーロ』の中に、欠けてはいない、隠された希望を取り出してみなくてはならない。二つの作品、第一巻の「チャールズ一世」と第二巻の「迷い番兵」はハイネの詩人としての仕事の頂点を形作っている。

Carl I

Im Wald, in der Köhlerhütte sitzt
Trübsinnig allein der König;
Er sitzt an der Wiege des Köhlerkinds
Und wiegt und singt eintönig:

Eyapopeya, was raschelt im Stroh?
Es blöken im Stalle die Schaafe —
Du trägst das Zeichen an der Stirn
Und lächelst so furchtbar im Schlafe.

Eyapopeya, das Kätzchen ist todt —
Du trägst auf der Stirne das Zeichen —

チャールズ一世

森の、炭焼き小屋にひとり
滅入って王が座っている。
炭焼きの子のゆりかごにむかい
揺すり単調に彼はうたう。

ねんころり、藁の音はなんだろう？
羊たちが小屋で鳴いている—
お前は額に印をつけて
眠りながらぞっとするほど微笑する。

ねんころり、猫は死んだ—
お前は額に印をつけて—

Du wirst ein Mann und schwingst das Beil,
Schon zittern im Walde die Eichen.

お前は成人したら斧をふるう。
森では樫がもう震えている。

Der alte Köhlerglaube verschwand,
Es glauben die Köhlerkinder —
Eyapopeya — nicht mehr an Gott
Und an den König noch minder.

炭焼きの昔の信仰は消えた、
炭焼きの子らは—
ねんころり—もう神を信じないし
王などなおさら信じない。

Das Kätzchen ist todt, die Mäuschen sind froh —
Wir müssen zu Schanden werden —
Eyapopeya — im Himmel der Gott
Und ich, der König auf Erden.

猫は死んだ、鼠らは喜ぶ—
儂《わし》らはきっと不面目なことになる—
ねんころり—天国では神が
そして地上では王の儂が。

Mein Muth erlischt, mein Herz ist krank,
Und täglich wird es kränker —
Eyapopeya — du Köhlerkind

勇気は消え、儂の心は病んでいる、
そして日毎に病はおもくなり—
ねんころり—炭焼きの子よ

Ich weiß es, du bist mein Henker.

Mein Todesgesang ist dein Wiegenlied –
Eyapopeya – die greisen
Haarlocken schneidest du ab zuvor –
Im Nacken klirrt mir das Eisen.

Eyapopeya, was raschelt im Stroh –
Du hast das Reich erworben,
Und schlägst mir das Haupt vom Rumpf herab –
Das Kätzchen ist gestorben.

Eyapopeya, was raschelt im Stroh?
Es blöken im Stall die Schaafe.
Das Kätzchen ist todt, die Mäuschen sind froh –
Schlafe, mein Henkerchen, schlafe!

判っている、お前は儂の首斬《くびきり》人だ。

わが死の歌がお前の子守歌―
ねんころり―白髪の巻き毛を
まずお前は切り落とす―
儂のうなじに斧の音。

ねんころり、藁の音はなんだろう―
お前はこの国を奪ってしまった、そして
儂の頭を胴から打ち落とす―
猫は死んでしまった。

ねんころり、藁の音はなんだろう？
羊たちが小屋で鳴いている。
猫が死んだ、鼠らは喜ぶ―
眠れ、儂の小さな首斬人よ、眠れ！

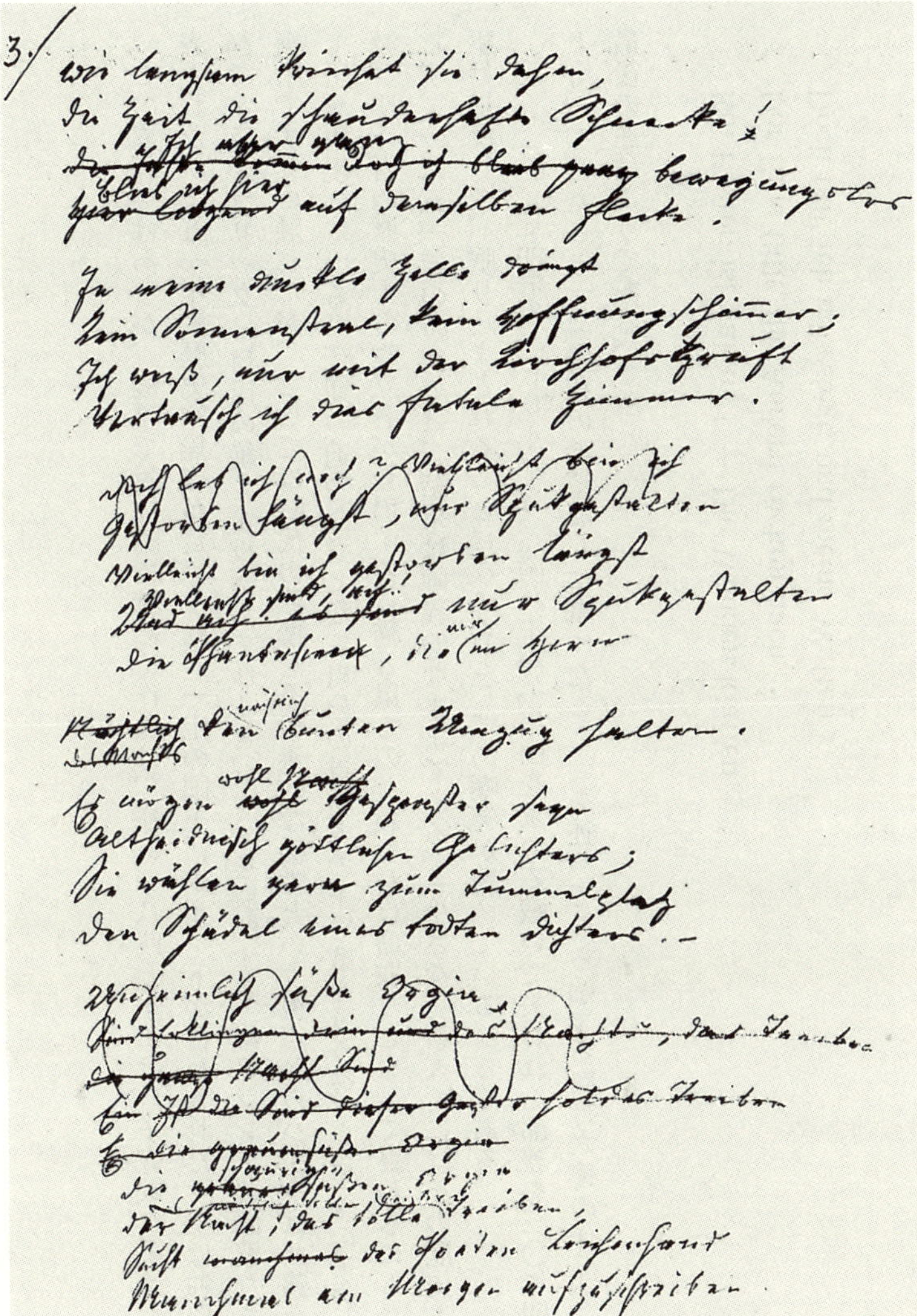

ハイネ自筆の続ラザロ詩篇Ⅲ(「なんとゆっくり……」)の初めの部分の原稿(1853－54年)

この素朴ではあるが、複雑で対立的で謎めく作品は、初め一八四七年には「子守歌」と題して公表されたが、五一年に歴史的焦点が定められ、一定の国王にポイントが合わされた。王は独白の役割でメランコリックに自己の絶えず没落してゆくビジョンを展開する。『フランスの画家たち』の箇所ですでに触れたが、ここでは時代の転換を不可避的な犠牲という視点からハイネは共感をもって王を表現している。死期の迫った者として自分の首斬人の子守歌を歌う彼。炭焼きの子の中に、滅びゆく者の歴史上の対立者が登場する。猫と鼠らのたわむれは命取りとなって終わるにもかかわらず、一八五一年の時点では、結果は両義的なままである。「小さな首斬人」にはその歴史上の先駆けに反して、眠り込まされることになる者としての嘲笑が響いているからである。

「ラザロ」作品群のエピローグは、語り手が「自由を求める戦いで失われた部署を三〇年間ずっと守ってきたこと」、「勝利の希望なしに戦ったこと」を述べてから始まる四行六連の作品である。最後の連はこうである。

Ein Posten ist vakant! — Die Wunden klaffen —
Der Eine fällt, die Andern rücken nach —
Doch fall' ich unbesiegt, und meine Waffen

Sind nicht gebrochen — Nur mein Herze brach.

ひとつの部署が空いている！　—傷口がぱっくり—
ひとりが戦死すると、ほかのものたちがあとに続く—
でもぼくは倒れても打ち負かされていない、ぼくの武器は
壊れていない—ぼくの心臓だけが破れた。

詩行の中ほどの中間休止とハイフンが暗示するつかえがちな語り口は、個人的な挫折は間違いないけれども、その挫折感を「自由を求める戦い」が勝ち誇って前進することを確信していることとも結びつけている。「孤児＝迷い番兵」は敗れた戦闘を、戦いの終わりとは受け止めていないからである。「ぼくの心臓だけが破れた」はメランコリックでもありパセチックでもある「だけ」を用いて、劣悪なものの凱歌とよきものの没落は歴史の最後の言葉ではないことにいかなる疑念も生じさせていない。ハイネは自らを「孤児＝迷い番兵」とし、致命傷を負った「救われない番兵」と見なしているが、自分自身は忠実に踏みとどまり、背教者にはならなかった者と見なしている。
『ロマンツェーロ』の「あとがき」でハイネは、「私は政治上では特に進歩を自負することはできないが、年少のころに帰依し、それ以後ますます熱心に心を燃やした民主主義願望は捨てなかっ

た」と書いている。危機の時代に困難な試練にさらされながら、なお魅力的な詩を残すことができたことを、この言葉が雄弁に物語っている。

あとがき

本書において、詩人ハイネの人と思想の魅力をいかなる視点から明らかにしたかったかといえば、ハイネの生きた時代の惨澹《さんたん》たるドイツの状況をリアルに描く唯一可能な形式を「詩」に求めたハイネが、己の見定めた道を生涯にわたって貫いたこと、そのことを語りたかったのである。それは必然的に紙幅の許すかぎり、抒情詩『歌の本』『新詩集』『ロマンツェーロ』と叙事詩『アッタ＝トロル』『ドイツ冬物語』をたどることとなる。

ヘーゲル哲学の洗礼を受け、カール＝マルクスやフランスの卓越した友人たちと交わったことにより、ハイネは明日の新しいドイツへの歴史的展望に当時の誰よりも高い理解を示しつつ、しかも光輝ある孤立を保った最後のロマン主義詩人（若いハイネはA・W・シュレーゲルに問い、ゲーテを読んだ）にして最初の現代詩人となった。ハイネの掲げるテーマには、芸術家、護民官、使徒といった、それぞれの志向の間の相克が見られる。だから彼は、その後半生を政治・社会革命の遊歩道であるパリで送る、著述稼業の草分け的存在でもあった。ヨーロッパ文化の危機の告知者ハイネは、またキリスト教とユダヤ教の狭間で苦闘した。ハイネ受容の側面から興味深いのは、他に先駆けて幕末の日本に早くもハイネの詩が入ったことや、多くの作曲家たちが『歌の本』を中心にハイネの詩に基づく歌曲を数多く創作していて、最近の日本においても「ハイネ歌曲の夕べ」が開催されたりしていることである。

順序があとさきになってしまったが、一冊の書物ができ上がるまでには、おおぜいの人々の温かい配慮が欠かせないものである。本書に筆者がかかわることになり、このような形で日の目を見ることになったのは、何よりもまず大学院時代にお世話になった星野慎一先生のご推輓《すいばん》の賜《たまもの》である。これに報いる内容になっているかどうか内心忸怩《じくじ》たるものがある。清水書院の清水幸雄氏からは、勤務先の大学改革の波にもまれてともすれば放棄しかねない筆者の怠惰な状況を三年余も辛抱強く刊行へ向けて電話や書信で励ましていただいた。編集の徳永隆氏からも何度か気を引き立てていただいた。その後、編集は村山公章氏に引き継がれて、遅れに遅れた執筆をあっというまに刊行にこぎつけていただいた。以上のことを記して、関係者各位に心から謝辞を呈する次第である。

一九九七年七月

一條　正雄

ハイネ年譜

西暦	年齢	年譜	歴史的事件および参考事項
一七九七		一二月一三日ハインリヒ（誕生名ハリー）＝ハイネ、デュッセルドルフのボルカー街二七五（のち五三）番地の両親の家にザムゾン＝ハイネ（一七六四―一八二八）とその妻ベティ（旧姓ヴァン＝ゲルダーン、一七七一―一八五九）の長男として生まれる。	
一八〇〇	3	ただ一人の妹シャルロッテ生まれる。	ヘルダー死去。
一八〇三	6	イスラエル人私学リンテルゾーンへ。	
一八〇四	7	フランシスコ派修道院内の標準学校へ入学許可。	ナポレオン皇帝に。
一八〇五	8	弟グスターフ生まれる。	シラー死去。
一八〇六	9	ハイネ両親の家にフランス軍鼓手一人宿営。	フランス軍、デュッセルドルフへ。
一八〇七	10	弟マクシミーリアン生まれる。ハイネ、一時図画、ヴァイオリン、ダンスのレッスン受ける。リュツェウムの予備学級に入学（校長シャルマイヤー）。	ライン同盟諸国に市民的改革の波。

一八〇九	12	ハイネ、フランス語の個人レッスンを受ける。向かいの家六五五（のちに四二）番地に転居。	
一八一〇	13	絵画のレッスンをR・コルネリウスのもとで。その弟P・コルネリウスと知り合う。デュッセルドルフのリュツェウムに入学、一四年まで。	ベルリン大学創設。シューマン誕生。ナポレオンのロシア遠征。
一八一一	14	一一月三日にナポレオン、デュッセルドルフ進駐。ハイネ騎乗の雄姿見る。	
一八一四	17	ファーレンカンプ商業学校に入学。	ウィーン会議。
一八一五	18	フランクフルトの銀行家リンツコップのもとで無給見習い。	ワーテルローの会戦。ナポレオン退位。杉田玄白『蘭学事始』
一八一六	19	ハンブルクの叔父ザロモン＝ハイネのもとで無給見習い。従姉妹アマーリエ＝ハイネへの実らぬ恋。	
一八一七	20	「ハンブルクの夜警」誌へ最初の詩作品を公表。	ワルトブルク祭。
一八一八	21	叔父は甥に製品販売会社を設立してくれたが、翌夏には整理解散に。	ヘーゲル、ベルリン大学教授就任。
一八一九	22	デュッセルドルフに帰還、大学入学準備に入る。ボン大学に学籍登録手続き（法学、文学史、歴史学、行政学）。A・W・シュレーゲルとの出会い。	カールスバートの決議。

一八二〇	23	論文『ロマン主義』を「ライン・ヴェストファーレンの指針」誌に掲載。 戯曲『アルマンゾーア』成立。 ゲッティンゲン大学に移る。 年末に決闘事件起こす。学生組合から追放。	
一八二一	24	大学から「諭旨退学」六ヵ月間。 ハンブルク経由でベルリンへ。学籍登録をすます。 ファルンハーゲン＝フォン＝エンゼ夫妻との出会い。	ギリシャ独立戦争。 ナポレオン死去。
一八二二	25	「ユダヤ人文化学術協会」での活動。 ベルリンのマウラー書店から「詩集」刊行。 ポーランド旅行。ヘーゲル訪問。C・D・グラッベとの出会い。 戯曲『ウイリアム・ラトクリフ』書き下ろす。 『ベルリン便り』「ライン・ヴェストファーレンの指針」誌に掲載。インマーマンとの交流始まる。	ギリシャ独立声明。 E・T・A・ホフマン死去。
一八二三	26	『ポーランド論』「ゲゼルシャフター」誌に掲載。 ベルリンのデュムラー書店から『叙情間奏曲付き悲劇』刊行。 両親の移住先のリューネブルクに滞在。 ハンブルク、クックスハーフェン（海水浴旅行）、二回のリューネブルク滞在。	シーボルト来朝。 フランス軍、スペイン干渉。 アメリカ、モンロー宣言。

一八二四	27	あらためてゲッティンゲンで学籍登録をすます。『三十三編の詩集』（大部分はのちの『帰郷』作品群）「ゲゼルシャフター」誌に掲載。勉学継続のためゲッティンゲンへ。ハルツ山地への徒歩旅行。ワイマールにゲーテ訪問。『ハルツ紀行』成立。「バッヘラッハのユダヤ教法師」「回想録」に取り組む。	バイロン死去。ユダヤ人、ドイツの大学に教授就任禁止される。
一八二五	28	ゲッティンゲン近傍のハイリゲンシュタットで受洗。ゲッティンゲン大学で法学博士の学位取得。ノルデルナイ島に滞在。リューネブルクとハンブルクに滞在。その後、ハンブルクへ移住（弁護士として活動するつもり）。	幕府、異国船打ち払い令。
一八二六	29	『旅の絵』第一部に取り組む。『ハルツ紀行』「ゲゼルシャフター」誌に掲載。ハンブルクのホフマン・ウント・カンペ書店から『旅の絵。第一部』刊行。	
一八二七	30	『旅の絵。第二部』カンペ書店から刊行。イギリスへの旅（ロンドン、ラムスゲイト）、帰途はオランダ経由。	英仏露軍、トルコ艦隊殲滅。

一八二八	31	『歌の本』カンペ書店から刊行（ハイネの生涯に一三版を数える）。 リューネブルク、ゲッティンゲン、カッセル（グリム兄弟との出会い）、マイン河畔のフランクフルト（ルートヴィッヒ＝ベルネとの出会い）、ハイデルベルク（警察の追放措置受ける）およびシュトゥットガルト（ヴォルフガング＝メンツェルとの出会い）を経由してミュンヘンへ。コッタ書店の「新一般政治年鑑」の編集者となる。 「新一般政治年鑑」へ『イギリス断章』を部分復刻。コッタ書店の「知識層のための朝刊」紙に『イギリス断章』第三章掲載。 雑誌「アウスラント」に『イギリス断章』第二章掲載。 イタリア旅行（インスブルック、トリエント、ヴェローナ、ミラノ、マレンゴ、リヴォルノ、ルッカ、フローレンツ、帰路ヴェニス、ヴュルツブルク）。 ミュンヘン大学教授職へのハイネの希望つぶれる。 「知識層のための朝刊」紙に『ミュンヘンからジェノバへの旅』一七章掲載。 父死去。

一八二九	32	ベルリンへ転居。「アウスラント」誌に『イギリス断章』第五章掲載。『旅の絵。第三部』に取り組む。ヘルゴラント島に滞在、その後ハンブルク滞在。「知識層のための朝刊」紙に『ミュンヘンからジェノバへの旅』のその他の章と『ルッカの温泉』の冒頭部分掲載。	ロシアのニコライ一世、ベルリン来訪。
一八三〇	33	『旅の絵。第三部』カンペ書店から刊行。初めてサン＝シモン主義に親しむ。ヘルゴラント島滞在中にパリの革命（七月二七〜二九日）の知らせ届く。『ヘルゴラント便り』成立。	パリで七月革命勃発。ベルギーの国民議会独立宣言。ポーランド国民政権発足。
一八三一	34	『旅の絵拾遺』カンペ書店から刊行。「新しき春」作品群成立。ヴェッセルヘフト書店のパンフレット『カールドルフ貴族論』へ序文寄せる。フランクフルト滞在。モーリッツ＝オッペンハイム、詩人ハイネの肖像画を描く。自由な職業作家としてパリへ移住することを決断。五月二〇日ごろパリ到着。サン＝シモニストたちと知り合い、彼らの集いに参加。	リヨン絹織物工暴動。ヘーゲル死去。ヨーロッパにコレラ大流行。

		夏の滞在の規則化。(ノルマンディーの海岸のブロニュ・シュル・メール、一八四一と四六年はピレネー山地へ湯治旅行)。	ワルシャワ占領さる。
一八三二	35	アウクスブルク「一般新聞」のために『一八三一年パリの絵画展』についての一連の論説記事を送る。「一般新聞」への通信員活動(のちに『フランスの状態』となる)。ハンブルクの母の家の火災で詩人の印刷原稿の多数焼失。「両世界評論」誌に『ハルツ紀行』と『イデーエン・ル・グランの書』の仏訳掲載。メッテルニッヒ、「アウクスブルク一般新聞」への政治報告記事を取りやめさせる。	ゲーテ死去。パリにコレラ蔓延。ハンバッハの祝祭。サン＝シモン主義者弾圧裁判。
一八三三	36	『ドイツ近代文学史に寄せて』(のちの『ロマン派』にまとめられたもの)に取り組む。『フランスの状態』カンペ書店から刊行。フランス語版『ドイツにおける文学の現状。マダム・スタールの書以来のドイツ論』(『ドイツ近代文学史に寄せて』の翻訳)「ヨーロッパ文学」誌に掲載。「若いドイツ」派の作家ハインリヒ＝ラウベとの交渉始ま	コッタ死去。

一八三四	37	る。 ハンス＝クリスチャン＝アンデルセンとパリで出会う。 『フランスの状態』の仏訳、パリのユジェーヌ＝ランデュエル書店から刊行。 ドイツの宗教と哲学に関する論文を書き下ろす。 フランス語版『旅の絵』ユジェーヌ＝ランデュエル書店から刊行。 『サロン。第一巻』カンペ書店から刊行。フランス語訳の『ルター以来のドイツ』「両世界評論」誌に掲載（印刷原稿『ドイツの宗教と哲学の歴史に寄せて』の翻訳）。 クレッサンス＝ユジェニー＝ミラー（通称マチルド、一八一五－一八八三）と知り合う。	ドイツ関税・通商同盟。 「虐げられし人々の同盟」パリで結成。 ラファイエット死去。
一八三五	38	フランス語版『ドイツ論』パリのユジェーヌ＝ランデュエル書店から刊行。 『サロン。第二巻』カンペ書店から刊行。 一二月一〇日、ドイツ連邦議会、「若いドイツ」派の文書を禁止（ハイネ、グツコウ、ラウベ、ムント、ヴィーンバルク）。	ドイツ最初の鉄道（ニュルンベルク―フュルト間）開通。
一八三六	39	『ロマン派』カンペ書店から刊行。 ハイネ、フランス政府の年金を受ける（一八四八年まで）。	「正義者同盟」パリで結成。

一八三七	40	「知識層のための朝刊」紙に『フローレンス夜話』掲載、フランス語で「両世界評論」誌にも掲載。 プロイセン国内でハイネの全文書禁止処分。 『ドン＝キホーテ』に寄せる序文成立。 「回想録」への取り組み再開。 全集に関してカンペと契約交わす。 『フランスの舞台について』の書簡執筆。 『サロン。第三巻』カンペ書店から刊行。 『告発者について。サロン第三巻に寄せる序文』カンペ書店から刊行（『サロン。第三巻』の発行は検閲官に差し押えらる）。	大塩平八郎の乱。 ベルネ死去。 フランス最初の鉄道（パリ―サン・ジェルマン間）開通。
一八三八	41	『フランスの舞台について』の書簡「一般演劇レビュー」誌に掲載。 『シュヴァーベン法典』成立。 『シェイクスピア劇における乙女と婦人たち』に関する論説執筆。 「若いドイツ」派の作家カール・グッツコウと絶交。	グッツコウ「ドイツ通信」の編集者に。 緒方洪庵、大坂に適塾開く。 イギリス、チャーチスト運動。 シャミッソー死去。

一八三九	42	『ハインリヒ＝ハイネによる解説付きのシェイクスピア劇における乙女と婦人たち』パリとライプツィヒで刊行。『作家の危機』「エレガンテ・ヴェルト」紙に掲載。ラウベとパリで出会う。『ルートヴィヒ＝ベルネ。覚書』に取り組む。リヒャルト＝ヴァーグナーとパリで出会う。	蛮社の獄（渡辺崋山）。チャーチストの労働者蜂起。
一八四〇	43	アウクスブルク「一般新聞」への新たな記事送信開始（四三年まで。五四年に『ルテーツィア』の表題で刊行）。『ルートヴィヒ＝ベルネ。覚書』カンペ書店から刊行。『サロン。第四巻』カンペ書店から刊行。	インマーマン死去。東方危機。スペインのマドリードで蜂起（マリア＝クリスティーナ退位）。
一八四一	44	マチルドと婚礼挙行。ザロモン＝シュトラウスと決闘。	ヘルヴェーク『生者の詩』（第一部）刊行。
一八四二	45	ハンブルク壊滅的火災。『アッタ＝トロル。夏の夜の夢』成立。	「若いドイツ」派禁止処分、条件つき緩和。
一八四三	46	『アッタ＝トロル』（初稿）「エレガンテ」紙に掲載。最初の遺書作成。詩作品「夜想」を「エレガンテ」紙に掲載。	「ライン新聞」停刊。

一八四四	47	フリードリヒ＝ヘッベルとパリで出会う。 ハンブルクへの旅行（一三年ぶり）。 カール＝マルクスとパリで出会う。 詩作品「ルートヴィヒ王讃歌」を「独仏年史」に掲載（ハイネその他の「独仏年史」への寄稿者に対するプロイセン政府の逮捕命令出る）。 重い眼病を患う。 『ドイツ。冬物語』の印刷原稿発送。 詩作品「新アレクサンダー」を「前進！」紙に掲載。 詩作品「シレジアの織物工」を「前進！」紙に掲載。 詩作品「綱領」を「前進！」紙に掲載。 ハンブルクへの旅行。 『新詩集』カンペ書店から刊行。 『ドイツ。冬物語』分離刊行をカンペ書店から（ニューヨークでも）。また「前進！」紙に転載。	マルクス、パリ到着。 シレジアの織物工蜂起。 フリードリヒ＝ヴィルヘルム四世、ハイネらに逮捕命令。
一八四五	48	叔父ザロモン＝ハイネ死去。遺産争いの始まり。 フェルディナント＝ラサールと知り合う。 ハイネの病状急速に悪化。 マルクス、パリから追放。ハイネはプロイセンの督促のまま	A・W・シュレーゲル死去。

一八四六	49	になっていた「前進!」紙への寄稿者の追放措置を免れる。「女神ディアナ」成立。ドイツの諸新聞ハイネの訃報を広める。『アッタ＝トロル』の改作にかかる。二番目の遺書作成。	リスト死去。
一八四七	50	フリードリヒ＝エンゲルス来訪。「シレジアの織物工」の決定稿ならびに「チャールズ一世」およびその他の詩作品がピュットマン書店の年報に掲載。『アッタ＝トロル。夏の夜の夢』カンペ書店から刊行。舞踊詩『ファウスト博士』成立。ザロモン＝ハイネの息子で遺産相続人であるカールがパリに来る。年金について合意成立。	メンデルスゾーン－バルトルディ死去。
一八四八	51	麻痺症状の大幅進行のため一時個人経営病院に入院（二月～四月末まで）。アウクスブルクの「一般新聞」に二月革命の記事四編送る。五月中旬、ハイネ最後の外出。ルーヴル美術館のミロのヴィーナスの前で倒れる（褥の墓穴の始まり）。五月末～九月にイタリア国境に近いモンブランの西麓に転地療養。	マルクス・エンゲルス『共産党宣言』。パリで革命勃発。「共産主義者同盟」成立。メッテルニヒ逃亡。パリから「ドイツ義勇軍」進発。

一八四九	52	重病のためマルクスとゲオルク＝ヴェールトを迎えることができず。『ロマンツェーロ』の中の詩作品がいくつも成立。	ルイ＝ナポレオン共和国大統領に。「新ライン新聞」停刊。ハンガリー軍降伏。ショパン死去。ラウベ、ウィーン・ベルク劇場芸術主任に。
一八五〇	53	ディッケンズ、ゴーゴリ、ティーク、アルニムの作品を読む。ラウベの著書『ドイツ最初の議会』に関してラウベと論争。	バルザック死去。
一八五一	54	ヴェールト来訪。カンペがパリに来て『ロマンツェーロ』に関する契約を交わす。『ロマンツェーロ』カンペ書店から刊行、一一月までに二万部以上、四版を発行。『ファウスト博士』カンペ書店から刊行。四番目の法律上の効力を持つ遺書作成。	
一八五二	55	『サロン。第三巻』第二版カンペ書店から刊行（『ドイツの宗教と哲学の歴史に寄せて』のドイツ語版初の決定稿）。弟マクシミーリアン、パリに来る。	ヴィクトル＝ユゴー国外追放処分。ルイ＝ナポレオン皇帝となって第二帝政。

一八五三	56	『ルテーツィア』に取り組む。	ペリー浦賀に来航。
一八五四	57	『流刑の神々』を「両世界評論」誌と「文学団欒新聞」に掲載。 あらためて『回想録』に取り組む。 『告白』を「両世界評論」誌に掲載。 『雑文』カンペ書店から刊行（第一巻――『告白』『一八五三‐五四年の詩集』『流刑の神々』「女神ディアナ」『ルートヴィヒ＝マルコス追悼書』、第二巻――『ルテーツィア。政治、芸術および民衆の生活に関する報告』第一部、第三巻――『ルテーツィア』第二部）	クリミア戦争。ティーク死去。 日米和親および日露和親条約調印。 英仏、対露宣戦。
一八五五	58	マティニヨン大通り三番地に転居。 フランス語版『ルテーツィア』パリのミッシェル＝レヴィ兄弟書店から刊行。 六月にエリーゼ＝クリニッツ（ムーシュのこと）初めてハイネを訪問。 フランス語版『詩と伝説』パリで刊行。 妹のシャルロッテ＝エムブデンと弟のグスターフ＝ハイネがパリに来る。 フランス語版『旅の絵』第二版の下準備と校正（死後一八五八年に刊行）。	ネルヴァール死去。 パリ産業博覧会。

一八五六	59	最後の遺書の構想を立てる。 二月一七日死去。 二月二〇日モンマルトルの墓地に埋葬。柩に随行したおよそ一〇〇人の中に、テオフィル＝ゴーティエ、アレクサンドル＝デュマ、アレクサンドル＝ヴェユ、歴史家のミネらも。	米国総領事ハリス、下田着任。

参考文献

●ハイネの著作の邦訳書
『ハイネ詩全集』（全五巻）井上正蔵訳、角川書店（一九七二―七三）
『ハイネ散文作品集』（全五巻）木庭宏責任編集、松籟社（一九八九―九五）
『ハイネ』（世界文学大系78）井上正蔵他訳、筑摩書房（一九六四）
『ドイツ・ロマン派集』（筑摩世界文学大系26）手塚富雄、井上正蔵他訳、筑摩書房（一九七六）
『ドイツ古典哲学の本質』（文庫、改訳）伊東勉訳、岩波書店（一九七三）
『流刑の神々・精霊物語』（文庫）小沢俊夫訳、岩波書店（一九八〇）

●ハイネに関する参考書
『詩人ハイネ　生活と作品』舟木重信著、筑摩書房（一九六四）
『ハイネ序説』（改訂版）井上正蔵著、未来社（一九九二）
『ハイネ研究』（全十巻、既刊八巻）ハイネ研究図書刊行会編、東洋館出版社（一九七七～）
『ハイネとその時代』井上正蔵記念論文集刊行委員会編、朝日出版社（一九七七）
『近代ドイツ文学成立史研究』枝法著、郁文堂（一九七六）

『ハイネとユダヤ主義』 ハルトムート＝キルヒャー著、小川真一訳、みすず書房（一九八二）

●ドイツ語による参考書

Heinrich Heine : Sämtliche Werke. Düsseldorfer Ausgabe, Hrsg. von Manfred Windfuhr. Hamburg : Hoffmann und Campe 1973〜1997(DHA)

Heinrich Heine : Werke, Briefwechsel, Lebenszeugnisse Säkularausgabe. Hrsg. von den Nationalen Forschungs-und Gedenkstätten der klassischen deutschen Literatur in Weimar und dem Centre National de la Recherche Scientifique in Paris. Berlin und Paris 1970〜(HSA)

Heinrich Heine : Sämtliche Schriften. Hrsg. von Klaus Briegleb. München : Hanser 1968〜1976.

Fritz Mende : Heinrich Heine. Chronik seines Lebens und Werkes. Berlin : Akademie-Verlag 1970.

Michael Werner (Hrsg.) : Begegnungen mit Heine. Berichte der Zeitgenossen. Hamburg : Hoffmann und Campe 1973.

Gerhard Höhn : Heine-Handbuch. Zeit, Person, Werk. Stuttgart : Metzler 1987.

さくいん

【人　名】

【一般事項・地名】

【作品名】

ハイネ■人と思想151　　定価はカバーに表示

1997年10月30日　第1刷発行©
2016年3月25日　新装版第1刷発行©

・著　者 ……………………………… 一條《いちじょう》　正雄《まさお》
・発行者 ……………………………… 渡部　哲治
・印刷所 ……………………………… 広研印刷株式会社
・発行所 ……………………………… 株式会社　清水書院

〒102-0072　東京都千代田区飯田橋3-11-6
Tel・03(5213)7151～7
振替口座・00130-3-5283
http://www.shimizushoin.co.jp

検印省略
落丁本・乱丁本は
おとりかえします。

本書の無断複写は著作権法上での例外を除き禁じられています。複写される場合は，そのつど事前に，㈳出版者著作権管理機構（電話 03-3513-6969，FAX03-3513-6979，e-mail:info@jcopy.or.jp）の許諾を得てください。

CenturyBooks

Printed in Japan
ISBN978-4-389-42151-9

CenturyBooks

清水書院の〝センチュリーブックス〟発刊のことば

近年の科学技術の発達は、まことに目覚ましいものがあります。月世界への旅行も、近い将来のこととして、夢ではなくなりました。しかし、一方、人間性は疎外され、文化も、商品化されようとしていることも、否定できません。

いま、人間性の回復をはかり、先人の遺した偉大な文化を継承して、高貴な精神の城を守り、明日への創造に資することは、今世紀に生きる私たちの、重大な責務であると信じます。

私たちがここに、「センチュリーブックス」を刊行いたしますのは、人間形成期にある学生・生徒の諸君、職場にある若い世代に精神の糧を提供し、この責任の一端を果たしたいためであります。

ここに読者諸氏の豊かな人間性を讃えつつご愛読を願います。

一九六七年

清水梼山

SHIMIZU SHOIN